CW01521515

LE MAGASIN JAUNE

Marc Trévidic a été juge d'instruction au pôle antiterroriste du tribunal de grande instance de Paris durant dix ans avant d'être nommé premier vice-président au tribunal de grande instance de Lille en 2015. Considéré comme l'un des meilleurs spécialistes des filières islamistes, il est l'auteur de deux ouvrages très remarqués, *Au cœur de l'antiterrorisme* et *Terroristes*. De 2009 à mai 2012, Marc Trévidic a été également président de l'AFMI, Association française des magistrats instructeurs, dont il est toujours vice-président.

Paru au Livre de Poche :

AHLAM

TERRORISTES. LES SEPT PILIERS DE LA DÉRAISON

MARC TRÉVIDIC

Le Magasin jaune

ROMAN

JC LATTÈS

© Éditions Jean-Claude Lattès, 2018.
ISBN : 978-2-253-10064-5 – 1re publication LGF

À mon frère, parce que nous avons partagé notre enfance.
À ma femme, parce que nous avons partagé celle de nos enfants.

Prologue

> « L'humanité, quand elle
> se sentait jeune, donnait une
> âme à toutes choses. »
>
> Anatole France

Le grand-père et le père de Gustave étaient
ébénistes à Moirans-en-Montagne, dans le Jura.
Gustave aimait les regarder travailler. Ils cou-
paient, assemblaient, polissaient. La sciure s'en-
volait dans les airs puis se déposait au sol. Il y en
avait partout. C'était rigolo. Quand Gustave marchait dedans, elle se collait à ses chaussures. Il
aimait aussi l'odeur de vernis et de cire. Dès qu'un
meuble était terminé, il applaudissait. À l'âge de
quatre ans, le petit garçon, en se tordant les mains,
s'approcha un jour de son grand-père, occupé
à sculpter une porte de buffet. Il voulait qu'il lui
fabrique un canard en bois qui puisse flotter dans
les gorges de l'Ain, là où la rivière devient sage
comme un lac. Le grand-père lui montra une bille
de hêtre et une chute de charme. Gustave choisit
le charme. Le vieil homme prit une scie à guichet

dont la lame, aussi fine qu'une feuille de papier, s'enfonça sans effort dans la pièce de bois. Avec un pistolet traceur, il dessina les courbes, aplanit les surfaces à coups de rabot, imita le pivert avec son ciseau de sculpteur et finit son travail au racloir. Et le charme opéra si bien qu'à la fin de la journée, Gustave serrait dans ses bras un canard d'une seule pièce qui faisait la moitié de sa taille.

Le lendemain, son père lui proposa de le peindre pour qu'il ressemble tout à fait à un canard. Mais Gustave ne voulut pas que son canard soit comme les autres. Il avait peur de le perdre au milieu des vrais canards. Il demanda que le sien soit jaune comme un poussin, avec deux yeux verts tout ronds. Ce serait le plus grand des petits canards. Il était si réussi que le grand-père et le père de Gustave décidèrent d'étendre leur activité à la fabrication de jouets en bois. Au bout d'une année, la vente de jouets représenta la moitié du chiffre d'affaires de l'ébénisterie. Les meubles disparurent peu à peu pour laisser place aux ours à roulettes, aux toupies, aux cerceaux, aux épées de mousquetaires, aux Arlequin et Polichinelle, aux diablotins sortant de leur boîte, aux soldats blancs et rouges, aux assiettes de fruits multicolores, aux oiseaux plus colorés encore que les vrais, aux maisons avec domestiques, aux écuries, aux perroquets qui semblaient pouvoir parler, et même aux châteaux forts.

Gustave y trouvait son compte. Il passait des heures à jouer à sa toupie en hêtre avec corde enroulée. Pour ses six ans, il eut un immense chalutier, attaché à une cordelette, qui flottait sans se retourner et qu'il laissait dériver sur cent mètres avant de le ramener grâce à un gros moulinet de pêche, sous le regard vert du canard jaune, amarré à un piquet de bois enfoncé sur la rive.

Mais un jour, l'amarre céda. Le canard jaune aux yeux verts et ronds emporta derrière lui le piquet de bois. Gustave fut impossible à consoler. Son père et son grand-père essayèrent pourtant. Ils choisirent le même charme mais il n'opéra plus. Ils firent les mêmes gestes mais la magie avait disparu. Un second canard jaune aux yeux verts et ronds vit le jour. Sans doute était-il plus beau que le premier. Il n'en avait pas les légères imperfections. Gustave n'en voulut pas. « Ce n'est pas mon canard », répétait-il avec obstination. Son père se mit en colère. Son grand-père, au contraire, n'y vit nul caprice : un jouet n'est pas un objet, et seuls les objets peuvent se remplacer.

1

Gustave attendait depuis une bonne heure et la banque fermait bientôt. Les Muller ne viendraient plus. Il voulait cependant se débarrasser de la tâche ingrate qui lui retournait l'estomac : prononcer l'arrêt de mort d'un magasin de jouets. La boutique de la rue Germain-Pilon était spacieuse et bien placée, avec un vaste appartement au-dessus. Elle avait été rentable jusqu'à ce que les Muller la reprennent. Ces deux-là étaient aussi peu faits pour vendre des jouets qu'un Savoyard pour la pêche en haute mer. Lors de sa dernière venue, Gustave avait constaté que leur horloge était restée bloquée en 1900. Alors que le marché du jouet explosait, que les innovations se succédaient, ils en étaient toujours au jeu de l'oie, au kaléidoscope et au bilboquet de buis. Certes, ils vendaient des jouets de qualité, d'une solidité à toute épreuve, mais sans tomber dans le prêt-à-jouer, un peu de modernité était indispensable. Or les Muller n'avaient jamais entendu parler du concours Lépine, des poupées parlantes, des modèles réduits d'aéroplanes ou du marché prometteur des trains miniatures. Pire encore, ils donnaient l'impression de considérer les enfants comme de petites bêtes turbulentes programmées pour tout casser.

Les enfants le leur rendaient bien. Peu d'entre eux s'aventuraient dans le magasin. À l'extérieur, la couleur kaki sombre de quincaillerie et, à l'intérieur, les lambris de bois foncé recouvrant les murs leur faisaient peur. On racontait que certains n'en étaient jamais ressortis. Les plus jeunes l'appelaient le magasin « caca boudin ». Les plus âgés philosophaient à son sujet : « kaki dehors, caca dedans ». Quelques grands-parents trop âgés pour descendre jusqu'aux grands magasins étaient contraints d'y pénétrer, à contrecœur. Car les Muller étaient aussi accueillants qu'une tombe. Ils disaient bonjour sans sourire et au revoir avec une pointe de mépris pour celui qui n'avait rien acheté. Et ils répétaient sans cesse cette phrase, à l'adresse des adultes comme des enfants : « On ne touche pas. »

Puisque les Muller ne voulaient pas venir à lui, Gustave avait décidé de se déplacer pour leur notifier la suppression de leur ligne de crédit.

En poussant la porte donnant sur la cour, il eut l'impression de pénétrer dans un cimetière à l'abandon, où les mauvaises herbes poussent entre les tombes. Au fond de la cour, la vitrine du magasin était faiblement éclairée. Au milieu de la devanture, une poupée esseulée, avec une bouche de mercure comme si elle venait de tremper ses lèvres de porcelaine dans de l'argent fondu, fixait Gustave de ses yeux noirs de verre opaque. Un ourson en peluche était tombé sur le côté, la tête sur une toupie rouge et blanche.

Le jeune homme entra dans le magasin mais la clochette resta muette. C'était un spectacle de désolation. À droite, un manège enchanté était recouvert de poussière et une dizaine de cerceaux jonchaient le sol. Une grande maison de poupée trônait sur un présentoir en bois verni, mais elle était presque vide. Par la fenêtre du deuxième étage, on pouvait voir un lit, une table de nuit, et c'était tout : les autres meubles et ustensiles avaient disparu. Elle ressemblait à un manoir en ruine après la visite d'un huissier, témoin du lustre passé d'une vieille famille plongée dans la misère.

Gustave appela les Muller mais personne ne vint. C'était étrange, ce magasin vide de jouets, de clients et même de commerçants. Le silence était aussi lourd que l'air saturé du magasin. Il se dirigea vers l'arrière-boutique et ouvrit la porte. Ils étaient là, l'un à côté de l'autre. Les Muller s'étaient pendus avec des cordes à sauter. Les nœuds étaient si serrés que leurs têtes, au lieu de basculer en avant ou sur le côté, étaient restées bien droites. Deux chevaux en bois étaient

15

renversés sur le parquet poussiéreux, support insolite du dernier saut, spectacle effrayant et grotesque. Gustave les imagina au moment de basculer. Le dernier coup de pied dans le flanc de l'animal et cette mort lente à un mètre du sol. Car leurs nuques n'avaient pas dû céder. Ils n'étaient pas tombés d'assez haut.

Il contemplait les deux corps suspendus sans parvenir à réagir. Il aurait dû se précipiter, tenter de les décrocher, appeler au secours. À quoi bon ? La pièce sentait la mort. Il n'y avait rien à faire. Alors il s'assit sur l'établi poussiéreux qui faisait face aux Muller. Ce n'était pas de sa faute, ni de celle de la banque. C'était le monde qui était ainsi fait. Il fallait s'adapter ou disparaître, peut-être pas mourir mais laisser la place, à tout le moins. Les Muller appartenaient déjà au passé quand ils étaient vivants. Gustave les avait prévenus. Et maintenant, il se demandait, face à ces deux corps pétrifiés, si les Muller avaient un jour été heureux. Oui, certainement : ils avaient été jeunes, amoureux, entreprenants, eux aussi. Ils avaient pensé que le monde leur appartenait. S'ils n'avaient pas cru en la beauté de la vie, ils n'auraient pas vendu des jouets. Ce n'est pas un métier que l'on exerce par hasard. Il faut avoir en soi de l'amour, de la bonté et de la confiance en l'avenir. Donc, un jour, évidemment, ils avaient cru au bonheur. Peut-être pas tout à fait, mais un peu tout de même. Que s'était-il passé ensuite ? Comment étaient-ils devenus gris et désenchantés ? À quel moment leur vie avait-elle basculé ? Quel écueil avait-elle heurté pour que sa coque s'ouvre et se laisse peu à peu engloutir par l'eau noire et froide ? Et cette immobilité totale, ce silence absolu ! Gustave essayait de ne pas respirer trop fort, pour ne pas briser la perfection du néant. Car c'est en elle que l'on retrouve ses morts intimes, et il avait déjà quitté les Muller pour se souvenir, les yeux fermés.

Sans en avoir conscience, il entretenait une relation singulière avec la mort. Le fer rouge avait laissé sa marque dans un repli caché de son âme. Il savait que sa mère était morte en lui donnant le jour. C'était un fait. Mais il n'avait pas pressenti la faille, la déchirure presque invisible qui s'agrandit peu à peu pour devenir un gouffre. Il sentait seulement que la mort avait pour lui une saveur particulière, un goût à la fois sucré et amer. Il était né à ce moment précis où vie et mort cessent de se succéder pour se confondre, né du sacrifice ultime de celle qui disparaît pour que naisse son enfant. Son père aussi était mort en héros, dans le dernier combat, à Vrigne, le 10 novembre 1918, en protégeant son pays d'un ennemi qui prétendait négocier à Rethondes. La mort était pour Gustave une action d'éclat, bien éloignée du suicide inutile et obscur des Muller. Même parée du manteau brillant de l'héroïsme, elle avait pourtant fait germer en lui un sentiment de culpabilité si puissant qu'il gouvernait sa vie, ses choix et ses goûts.

Il avait tué sa mère. C'était bien cela. Et parce qu'il l'avait tuée, il avait dû la recréer. Il se l'était inventée. Jamais il n'avait vu son visage et son père n'avait aucune photographie. Alors il avait passé son enfance à se l'imaginer. Il lui avait façonné mille visages plus beaux les uns que les autres, des yeux toujours plus lumineux, un sourire toujours plus tendre. Il l'avait cherchée partout, dans chaque jolie femme, dans la moindre silhouette gracieuse entraperçue, dans des cheveux tombant en boucles sur la nuque d'une inconnue, dans une jambe interminable sortant d'un taxi. En la réinventant sans cesse, il avait composé une femme idéale et, finalement, avait idéalisé la femme elle-même. Trop, beaucoup trop.

Gustave regarda les Muller. Comment pouvait-on se pendre dans un magasin de jouets ? Serrer autour de son cou un objet destiné à faire battre le cœur des petites filles et à faire résonner les préaux de leurs rires ? Maintenant, il ressentait de la pitié. Il en fallait, du désespoir, pour en arriver là. Il sortit du magasin, donna l'alerte, vit arriver les voisins, les badauds, les policiers, le docteur. Il répondit aux questions, observa une dernière fois, dans la vitrine, la poupée orpheline à la bouche de mercure, et décida de retrouver Manon, une prostituée de dix-neuf ans avec un visage d'ange qui savait mieux que quiconque soigner les tempêtes du corps et de l'âme.

2

À son départ pour la guerre, Alphonse avait laissé à Paris son fils Gustave, âgé de dix ans à peine, aux bons soins de sa sœur Camille. Théodore, le mari de Camille, épicier rue Germain-Pilon, avait accepté par obligation. Affublé d'un pied bot, il avait échappé à la conscription et il lui était impossible de refuser ce service à un homme qui risquait sa vie pour la France. Gustave se fit tout petit. Théodore le remarqua à peine. En fait, l'enfant attendait. Il n'était pas malheureux. Sa tante était bienveillante et son oncle indifférent. Sa situation était plutôt enviable. Mais il attendait. Sa vie était en suspension jusqu'au retour de son père.

Deux ans plus tard, Théodore annonça à Gustave que son père ne reviendrait pas. Il trouva des mots justes et simples. L'enfant sembla accepter la nouvelle. Il ne mesurait pas encore le poids de l'absence définitive. Dans les semaines qui suivirent, celui-ci devint de plus en plus lourd pour ses épaules chétives. Les soldats rentraient chez eux, blessés, fatigués et heureux. Leur regard creux s'illuminait quand ils apercevaient leur femme, leurs enfants, leurs parents. Les camarades d'école de Gustave se blottissaient dans les bras de leurs pères. Lui assistait à ces scènes émouvantes sur le quai de la gare. Il voyait briller leurs yeux humides et leur bonheur lui procurait un soulagement inattendu. Sa boule dans le ventre s'estompait. Il ne leur en voulait pas. Il aurait aimé être à leur place, mais pas à leurs dépens. Il fallait bien que tous les pères ne rentrent pas pour que ceux dont les pères rentraient savourent pleinement leur chance. Ainsi, le sacrifice d'Alphonse prenait une signification nouvelle, inattendue et forte.

Au bout de quelque temps, l'attitude de Gustave changea. Il venait toujours à la gare mais était de plus en plus nerveux et irritable. Les scènes de retrouvailles, dont le spectacle l'apaisait encore quinze jours auparavant, se mirent à le perturber. Les autres pères revenaient, mais pas le sien. Il découvrit des sentiments nouveaux : l'injustice et la colère.

Pendant des années, il fut rongé par une rage sourde, jusqu'à ce qu'il rencontre Valentine, une jeune femme de dix-neuf ans qui aidait sa mère couturière en espérant une autre vie. Sa colère tomba alors d'un coup, comme un soufflet. Mais il n'était qu'un petit employé de banque et elle, la femme placée sur un piédestal. Malgré la peur d'essuyer un refus, il se résolut, un an après leur rencontre, à faire sa demande dans un endroit soigneusement choisi pour lui plaire, le restaurant La Victoire, dans le 2e arrondissement de Paris. La musique américaine, les grands miroirs, le cristal, le bois doré, les plafonds peints et les mosaïques bleues étaient au goût du jour ou, pour reprendre une expression de Valentine, faisaient très « arts appliqués ».

Elle n'était pas dupe et avait choisi sa toilette avec soin. Elle voulait être excitante sans être provocante, à mi-chemin entre la déesse inaccessible et la future épouse. Le choix du maquillage fut cornélien. Elle opta, après beaucoup d'hésitations, pour un fard couleur crème estompé sur les joues, un peu de mastic brun sur les cils et du rouge pourpre sur les lèvres. Elle enfila une robe moderne beige, moulante à la taille avec un tombé droit, une ceinture noire pour mettre en valeur son ventre plat et des bas blanc cassé. Ses escarpins munis de boucles discrètes lui faisaient des pieds minuscules. Son chapeau et ses gants, de couleur marron glacé, donnaient une touche plus appuyée à l'ensemble. Un châle de coton transparent lui recouvrait les épaules. Évidemment, elle le laisserait glisser pour laisser Gustave admirer le grain parfait de sa peau.

Gustave portait un nouveau costume gris anthracite. Il était trop serré dans son gilet et à moitié étranglé par sa belle cravate.

Après avoir écouté l'orchestre jouer du Cole Porter puis s'être lancé dans un monologue nerveux sur la nouvelle liaison téléphonique entre Paris et New York, l'abandon du franc germinal, la Bugatti royale et la nouvelle Renahuit décapotable, il lui posa enfin la question.

Valentine donna son consentement à une condition : elle voulait qu'ils achètent le magasin de jouets de la rue Germain-Pilon.

Gustave fut surpris. Pourtant, l'idée n'avait rien d'extravagant. Il était petit-fils et fils de fabricants de jouets. De plus, le prix de la boutique n'avait cessé de baisser. Personne ne semblait être intéressé par le rachat d'un commerce en faillite, théâtre d'une double pendaison. Avec ses économies et la dot de Valentine, il pouvait certainement racheter le fonds et les murs. Ce n'était donc pas l'idée en soi qui le surprenait, mais bien davantage qu'elle vienne de Valentine. Pourquoi n'y avait-il pas pensé lui-même ? Il réalisa que depuis des années il s'était laissé porter, sans ambition et sans même se demander ce qu'il aimerait faire de sa vie. Et voilà qu'une femme lui montrait le chemin.

Il sortit un écrin de sa poche et l'ouvrit. La bague était parfaite. Le diamant n'était ni trop gros ni trop petit, la monture ni trop large ni trop fine. Valentine la regarda en souriant, referma l'écrin et le tendit à Gustave :

— Ce sera pour plus tard, quand vous aurez obtenu le consentement de ma mère.

L'enthousiasme du jeune homme se refroidit quelque peu. Le regard glacial de la mère de Valentine, une Bretonne de cinquante ans qui semblait en avoir vingt de plus, avait sur lui un effet paralysant. Ses yeux étaient bleus comme ceux de sa fille, mais c'était un bleu de lac gelé, qui ne trahissait aucune émotion. En outre, Renée Plouhinec était d'une bigoterie insupportable. Elle s'était tournée vers la religion avec une ferveur malsaine depuis la mort de son mari, en 1916. Depuis, elle collectionnait les images religieuses et les portraits des papes.

Gustave Pilon se présenta au domicile de Renée Plouhinec dès le lendemain. Vêtu avec sobriété, costume noir sans fioriture et sans gilet, il avait l'apparence d'un employé de banque distingué, connaissant assez la valeur de l'argent pour ne pas en dépenser plus que nécessaire dans sa toilette. Renée Plouhinec lui fit signe de s'asseoir. Il se retrouva face à elle, à un mètre à peine, dans un petit fauteuil beaucoup trop bas, avec les genoux qui lui remontaient au nombril. Il se sentait mal à l'aise. Les yeux froids de la Bigoudène le dévisageaient sans complaisance. Il avait l'impression d'être un poisson mort sur l'étal, entouré de glace, dont elle évaluait le poids et la fraîcheur. Le visage de la vieille femme était hermétique, insondable. Sur ses rides multiples, Gustave ne parvint à lire aucun indice d'approbation ou de désapprobation quand il formula sa demande. Renée Plouhinec émit une sorte de grognement, comme un raclement de gorge appuyé, puis l'invita à obtenir le consentement du père de Valentine.

— Son père ? Mais il est mort !

— Il a certes été rappelé par Dieu, mais ça ne vous dispense pas de demander son autorisation.

Devant l'air éberlué de Gustave, Renée Plouhinec expliqua qu'avec l'aide d'un guéridon elle était souvent entrée en contact avec l'esprit de son défunt mari. Le jeune homme refusa mais elle resta inflexible. Il plaida sa cause auprès de Valentine sans plus de succès.

— Vous ne voulez tout de même pas que notre bonheur dépende des superstitions d'une vieille bigote !

— Ça ne sert à rien de vous énerver. Nous n'avons pas le choix. Et puis ce n'est pas si terrible, je l'ai déjà fait.

— Vous l'avez déjà fait ?

— Oui, j'ai même discuté plusieurs fois avec papa. Je lui ai d'ailleurs parlé de vous et il m'a paru très bien disposé.

Gustave lui adressa un regard implorant. Il pouvait imaginer Renée Plouhinec, toute de noir vêtue, courbée au-dessus du guéridon, dans une petite pièce faiblement éclairée par la lueur vacillante d'un cierge, mais pas Valentine. Il avait soudain l'impression de ne pas la connaître et ce sentiment l'angoissait. Comment pouvait-elle prêter foi à de telles croyances, au point de jouer leur avenir sur un coup de dés ? Pourtant, il était jurassien et en avait entendu, des contes à dormir debout, des légendes de bonnes femmes : fouletots, sorcières, loups-garous, dames blanches, tante Arie et âne à grelots, princesse changée en vouivre... Gustave avait si peur que son monde ne s'écroule une seconde fois. Le nouveau monde, c'était Valentine. Elle avait réveillé en lui une force vitale endormie. Valentine, le magasin de jouets, des enfants tant qu'elle en voudrait. Finie la guerre, finie l'attente, finis les jours qui passent et se ressemblent tous. Mais quand il ne la comprenait pas, quand elle lui échappait, il sentait une menace planer sur leur bonheur. Il voulait des fondations en dur, des certitudes, du planifié, une mer d'huile. Il voulait que son avenir ressemble à un exercice comptable. Et voilà qu'on lui parlait de guéridon à trois pieds et d'esprits frappeurs qui décident pour les vivants !

Il présenta sa demande en mariage un vendredi soir, dans la petite chambre encombrée de Renée Plouhinec.

Ils s'assirent tous les trois autour du guéridon et placèrent leurs mains dix centimètres au-dessus. Renée Plouhinec éteignit la lampe. La pièce n'était plus éclairée que par trois cierges. Renée Plouhinec se concentra et commença la séance. Au bout de cinq minutes, elle ressentit quelque chose. Ça se voyait à ses paupières closes. Valentine, les yeux fermés, faisait un grand effort de concentration. Gustave, lui, ressentait un malaise grandissant.

— Esprit de Jean-Marie Plouhinec, es-tu là ?

Le guéridon se souleva et retomba lourdement :
« BAM ! »

Puis le jeune homme fit sa demande. De nouveau le guéridon se souleva, mais plus lentement, comme s'il hésitait. Il retomba. Un seul coup ! C'était un oui. Valentine se jeta dans les bras de Gustave et l'embrassa avec fougue.

Le mariage de Gustave Pilon et Valentine Plouhinec fut célébré trois mois plus tard, le 10 janvier 1929, en l'église Saint-Jean-de-Montmartre. De nombreux amis et voisins étaient présents, mais peu de membres des familles des époux avaient fait le déplacement jusqu'à la capitale. Le froid de l'hiver en avait découragé plus d'un.

Le curé Rivière soigna particulièrement l'office. Pour Renée Plouhinec, sa paroissienne la plus assidue, il fallait que l'amict et l'aube soient immaculés, le calice et le ciboire astiqués, la chasuble sobre et, surtout, ne pas oublier le cordon de chasteté autour de la taille. En outre, il était hors de question de s'affranchir des préceptes du concile de Trente et de la messe tridentine en latin, sur fond de chants grégoriens. Renée Plouhinec était capable d'écrire à l'évêque, à l'archevêque ou même au Pape pour se plaindre. Il sourit en se rappelant la première fois que sa fidèle paroissienne était entrée dans l'église Saint-Jean-de-Montmartre. Elle était horrifiée par la structure en ciment armé et le style Art nouveau de l'édifice. Elle finit cependant par trouver un certain charme à cette église d'avant-garde. Les piliers de briques en armature métallique donnaient à la structure intérieure une légèreté surprenante.

Valentine et sa mère avaient eu une vive discussion sur le choix de la robe de mariée. Valentine rêvait d'une robe tendance Charleston avec strass, plumes, perles, frange de dentelles et bandeau sur le front, tandis que Renée Plouhinec, par souci de décence et d'économie, avait ressorti sa propre robe de mariée en lin de Morlaix et dentelles de Quimper, ainsi qu'une coiffe bigoudène façon Penmarc'h de quarante centimètres de haut. Gustave refusa les deux extrêmes : sa future épouse ne se marierait ni en tenue de danseuse ni dans un linceul sentant la naphtaline. Finalement, on s'accorda sur une robe en crêpe de soie et de laine. Gustave souligna qu'il y avait indiscutablement un côté finistérien dans le crêpe. Dans le même souci de compromis, la robe recouvrait les épaules de la mariée mais laissait son cou gracieux totalement dénudé. Enfin, puisqu'une femme devait couvrir ses cheveux par pudeur et humilité quand elle se présentait devant Dieu, on opta pour une coiffe de Kerity avec des épingles nacrées, plus discrète et sensuelle que l'imposante coiffe bigoudène.

Gustave, pour sa part, choisit un costume de lin beige à boutonnières croisées et pantalon à pinces, avec un gilet en flanelle bleu pâle. Les chaussures en cuir cognac étaient ouvragées sur le bout. Un nœud papillon et un mouchoir de soie bleus rappelaient la couleur du gilet.

Il neigea abondamment le jour du mariage, mais il ne fit pas froid. La cérémonie y gagna en beauté. Les flocons blancs tombaient doucement sur la place des Abbesses, imposant ce silence religieux que seule la neige sait créer. La diction parfaite du curé résonna dans l'église pendant près de deux heures, entrecoupée de chants grégoriens. La musique du latin se suffisait à elle-même. Les moins latinistes ressentaient ce qu'ils ne comprenaient pas. Enfin, les mariés échangèrent leurs vœux : « *Amorem, venerationem et fidelitatem tibi voveo.* »

On fit la fête au Coup du rouquin, un bistrot rococo tenu par un ami de Gustave surnommé Socrate, qui venait de faire l'acquisition d'une platine tourne-disques Pathé à amplificateur électrique. La puissance du son était incroyable. Les invités, y compris les enfants, dansèrent le jazz et le charleston jusque très tard dans la nuit. Envoûtées par la musique de Paul Whiteman, Sidney Bechet et Duke Ellington, les jeunes femmes se prenaient pour Joséphine Baker sous le regard intéressé des hommes. Le son était assez fort pour couvrir la voix de Socrate qui, entre deux verres de vin, tint à faire profiter l'assistance de sa sagesse en matière de lien conjugal. Après avoir affirmé que le mariage était l'art de supporter les défauts de l'autre et qu'il domestiquait l'amour, il arrêta le tourne-disques sous les sifflets, au moment où Saint-Granier entonnait « Ramona » : « Ramona, j'ai fait un rêve merveilleux. Ramona, nous étions partis tous les deux… »

— Et je vous le dis à tous, en particulier aux plus jeunes : mariez-vous ! Si vous avez une bonne épouse, vous serez heureux. Et si votre épouse est une mauvaise femme, vous deviendrez philosophe, ce qui est excellent pour l'homme.

Il fut très applaudi, sauf par sa femme qui se demanda si elle était concernée. Puis la musique reprit. « I wanna be loved by you » permit aux amoureux de se rapprocher. Enfin, à la demande de Valentine, Socrate posa « Let's do it » sur la platine. Elle serra son corps contre celui de son mari, et ils dansèrent en pensant à leur nuit de noces qui approchait.

3

Rue Germain-Pilon, le 2 février 1929

Je suis entrée dans notre maison. La boutique est dans un état effrayant. La porte grince comme une scie élimée et la clochette a perdu son marteau. J'ai eu du mal à reconnaître l'endroit où je me suis rendue si souvent. C'était avant les Muller, quand le magasin de jouets était tenu par les Duval. Je me suis assise sur une chaise, au milieu de la boutique, tandis que Gustave inspectait l'étage. Malgré les murs craquelés, le plafond fissuré et l'odeur de renfermé, je me suis sentie si légère. Le magasin dégage des ondes positives. Je suis certaine que nous serons heureux. Si seulement Gustave pouvait être moins angoissé et méticuleux ! Dès que quelque chose ne va pas, il se met dans tous ses états. C'est la fin du monde à chaque fois. Et puis j'ai vu le manège enchanté. Les Muller n'y ont pas touché. Il est toujours au même endroit, sur un large présentoir à gauche du comptoir. Je me suis approchée. J'ai tourné la clé à ailettes et le manège s'est mis à valser sur cette musique dont je connaissais chaque note, à force de l'avoir écoutée. Alors j'ai reculé ma chaise à l'autre bout du magasin. Je l'ai placée exactement à l'endroit où elle se trouvait à l'époque des Duval.

La première fois, je leur avais demandé l'autorisation d'admirer le manège enchanté. Les fois suivantes, ce sont eux qui me l'avaient proposé. Pourtant, je n'achetais jamais rien. Ce n'était pas faute de supplier ma mère, mais elle considérait qu'un jouet était un cadeau futile, presque maléfique. À la place, elle m'achetait des croix, des missels et des santons. Les santons sont les cadeaux les plus ludiques qu'elle m'ait offerts depuis notre arrivée rue Germain-Pilon, au moment de la mobilisation générale ! Quimper était trop éloignée de la guerre et elle voulait être proche de papa pour qu'il puisse nous rejoindre lors de ses permissions. Je n'avais que cinq ans. Mes deux frères, âgés de seize et dix-sept ans, étaient restés en Bretagne. Ils étaient marins-pêcheurs et ne voulaient pas monter à Paris. Ma mère se serait bien rapprochée davantage de la ligne de front, mais elle ne savait pas où aller, alors qu'à Paris nos cousins Denez et Madalen Guivarch avaient proposé de nous accueillir et d'employer ma mère. Ils tiennent un commerce de vêtements, couture et retouches, et ma mère est une couturière hors pair. Les premiers temps furent difficiles. Elle n'avait jamais quitté le Finistère et ne parlait que le breton. Je reconnais qu'elle m'a étonnée. Elle a appris le français dans mes cahiers et au même rythme que moi. À la mort de papa, elle a noyé son chagrin dans l'eau des bénitiers, derrière les murs de l'église Saint-Jean-de-Montmartre où elle est devenue très active, à la grande satisfaction du curé Rivière. Elle a décidé de ne pas retourner en Bretagne. Sa vie de femme s'est arrêtée en 1916 et sa nouvelle existence vouée à Dieu a pris naissance ici.

Et moi, j'ai passé toutes ces années, entourée de bondieuseries, dans la petite chambre attenante à la chambre-atelier de ma mère, au-dessus de la boutique et du vaste appartement des cousins Guivarch. Si les Duval ne m'avaient pas autorisée à venir dans leur magasin, ouvrir grand les yeux et rêver, je n'aurais pas eu d'enfance. Que Dieu ait leur âme. Ils m'ont même offert une poupée à tête de biscuit que je laissais dans la boutique de crainte que ma mère ne la confisque. Je me souviens encore de ce que m'a dit M. Duval en me l'offrant. Il m'a dit que les jouets ont été inventés, il y a très longtemps, afin que les enfants aient quelqu'un à qui parler. Il m'a dit aussi que chaque jouet est un individu différent. Même s'il a été fabriqué par milliers, il est singulier pour l'enfant qui le possède. C'est un peu comme si l'enfant lui donnait vie. Je lui ai demandé si ma poupée avait une âme. Avec un sourire très tendre, il m'a répondu qu'elle avait une âme d'enfant.

Je n'avais jamais écrit cela dans mon journal. J'avais oublié. C'est étrange, tout ce que l'on peut oublier, enfouir profondément, et qui revient d'un coup à la surface. Aujourd'hui, je me suis souvenue de tout, assise dans le magasin, les yeux rivés sur le manège enchanté. Je me suis sentie en manque des jouets que mon père n'avait pas eu le temps de m'acheter et de ceux que ma mère n'avait pas voulu m'offrir. Et puis Gustave m'a crié de le rejoindre en haut. Je suis montée. L'appartement m'a paru immense. Je n'ai aucun regret. C'en est fini de la chaleur des combles, du bruit incessant de la machine à coudre et des repas sinistres en tête à tête avec ma mère qui ne m'adresse la parole que pour me faire des reproches. Ma vie commence, celle que j'ai choisie. J'ai enfin confiance en moi. J'ai toujours cru que j'étais un poids inutile, une incapable. Ma mère me l'a si souvent dit. Et voilà que l'incapable a sa propre boutique, ce que ma mère n'a jamais eu, elle qui a toujours travaillé pour les autres. Je suis certaine qu'elle en crève de jalousie et je dois admettre que ça me fait plaisir. Ce n'est pas bien. Il faudra que j'en parle à confesse.

4

Dans le magasin jaune, le monde ne sera pas parfait mais il sera meilleur. Sinon, à quoi bon ? Il ne sera pas très différent mais mieux défini. Le noir sera noir et le blanc sera blanc. Toutes les autres couleurs seront plus éclatantes.

Dans le magasin jaune, les classes sociales seront figées, afin que leur compréhension soit aisée. Les poupées aristocrates avec leur tête de porcelaine et leurs toilettes raffinées toiseront les poupées bourgeoises à tête de biscuit et robes trop lourdes qui voudront leur ressembler. Elles regarderont avec condescendance les poupées roturières en bois ou en celluloïd. Parmi les figurines, les soldats seront au sommet de la hiérarchie. Ceux en bois peint, gardiens de la tradition, resteront la référence malgré la concurrence du plomb et de l'étain. Les jeux d'adresse, billes, toupies, balles, ballons, osselets, bilboquets, cerfs-volants et cerceaux seront délaissés mais jamais oubliés. Les automates seront appréciés pour leur discipline et méprisés pour leur servilité. Jouets des temps modernes, ils reproduiront sans surprise, jusqu'à ce que leur mécanisme s'arrête, les mêmes gestes prolétaires. Les pantins, en revanche, prolongeront l'imaginaire. Ils seront inventifs, capricieux, tortueux et sautillants. Ils plairont aux enfants sages qui leur feront faire ce qu'ils n'osent pas faire eux-mêmes. Et puis, il y aura les jeux hors hiérarchie qui ne méprisent personne mais qui se méritent, les jeux qui font réfléchir ou qui apprennent à vivre en société et, parmi eux, les jeux de construction feront les grands bâtisseurs et les jeux de société les grands stratèges.

Dans le magasin jaune, il y aura les bons, que les enfants appellent les gentils, et les mauvais, qu'ils appellent les méchants. Cela aussi sera mieux défini.

Dans le camp des gentils il y aura les Romains, Jeanne d'Arc, les Croisés, Napoléon, les cowboys, les tuniques bleues, les Poilus, les animaux domestiques et ceux de la ferme. Dans le camp des méchants, il y aura les hordes barbares d'Attila, les soldats anglais du Moyen Âge mais aussi de Wellington, les Sarrasins, les Indiens, les tuniques grises, les Allemands évidemment, et les animaux féroces.

*

Valentine fut admirative de l'énergie déployée par son mari pour faire du magasin « caca boudin » un paradis pour les enfants. Cette énergie

34

s'accompagnait cependant d'un souci de perfection proche de l'obsession. Gustave vérifiait tout à trois ou quatre reprises, qu'il s'agisse de son plan de financement ou de la vis qu'il venait de poser. Sa femme tentait, par sa gaîté et son charme, de combattre cette absence de légèreté. Quand elle y parvenait et qu'il lâchait prise, il était le mari idéal. Hélas, son âme torturée ne trouvait jamais le repos bien longtemps. Il redevenait taciturne et irascible. Il disait qu'il n'aurait pas dû quitter la banque et que cette boutique causerait leur perte. Il était parfois d'humeur si noire qu'il en devenait blessant. Valentine l'avait forcé à lâcher la proie pour l'ombre. D'ailleurs, elle n'aurait jamais dû l'épouser. Un homme qui avait tué sa mère en naissant était incapable de rendre une femme heureuse.

Valentine fut d'abord désemparée par les sautes d'humeur de son mari, mais elle résolut de lutter. Comme elle opposait sans relâche à son défaitisme un optimisme argumenté, celui-ci finissait par reprendre confiance et percevoir des atouts là où la veille il ne voyait que des obstacles insurmontables.

Le principal avantage du magasin résidait dans son emplacement, au rez-de-chaussée d'un immeuble de trois étages. Gustave et Valentine avaient également acheté l'appartement du premier qui communiquait avec la boutique. Au deuxième étage vivait un couple de fonctionnaires de la mairie. Au dernier étage habitait un vieux monsieur qui avait été colonel d'infanterie et aimait un peu trop le son du clairon au lever du soleil.

L'immeuble, cependant, ne donnait pas directement sur la rue. Une jolie petite cour accentuait certes son aspect « hôtel particulier », mais empêchait les passants d'admirer la devanture du magasin. C'était là un défaut rédhibitoire car le chaland devait entrer dans la cour pour se retrouver devant la vitrine. Valentine ne se laissa pas décourager. Il suffisait de démolir le mur séparant la cour de la rue. Ainsi le magasin se verrait depuis la rue et la cour deviendrait une petite place où les enfants pourraient tenir à plus de trente pour baver d'envie devant la vitrine. À la grande surprise de Gustave, il fut facile de convaincre les copropriétaires et la mairie. Les Pilon eurent seulement l'interdiction de toucher au grand chêne à branches biscornues qui trônait au milieu de la cour.

Il avait une autre raison de se réjouir. Sa belle-mère avait refusé de venir vivre chez eux. Gustave et Valentine le lui avaient proposé par pure convenance et, fort heureusement, elle avait préféré rester dans sa petite chambre qui ressemblait à une cellule de bonne sœur, avec cette grosse machine à coudre noire qui mangeait la moitié de l'espace, les portraits des papes accrochés aux murs et un imposant Christ sur la croix au-dessus de son lit. Ce n'était pas par délicatesse, pour éviter de déranger le jeune couple, que Renée Plouhinec avait décidé de demeurer dans sa retraite monastique. Elle avait essayé, sans succès, de convaincre Gustave de faire appel à un prêtre conjureur, affirmant que l'âme des pendus, n'ayant nulle part où se poser et se reposer, restait suspendue entre les deux mondes. À défaut d'un exorcisme en bonne et due forme, le magasin de jouets serait hanté par les spectres des Muller et un grand malheur s'ensuivrait.

Mais Gustave préférait la présence hypothétique des Muller à celle bien trop réelle de sa belle-mère et, le gros œuvre achevé, il entreprit les travaux d'aménagement du magasin avec l'esprit plus léger. Il arracha les lambris en bois, déplaça le comptoir pour l'installer au fond de la boutique, fabriqua des étagères de profondeur variable pour accueillir des jouets de toute taille, et choisit la couleur qu'il avait dans le cœur pour repeindre l'intérieur du magasin et la devanture. À aucun moment Valentine ne le contraria. Elle montra de l'enthousiasme à chacune de ses idées. Après tout, Gustave venait d'une famille de fabricants et de marchands de jouets, répondait-elle aux critiques acerbes de sa mère sur les choix de son gendre. Car si Renée Plouhinec avait choisi de rester dans sa chambre monastique, elle n'en parcourait pas moins chaque jour les cent mètres séparant le numéro 23 du numéro 15 de la rue Germain-Pilon pour venir critiquer l'évolution des travaux. Et n'oubliait jamais de se signer sept fois avant d'entrer dans le magasin.

Les habitants de la rue Germain-Pilon ne partageaient pas le scepticisme de la vieille femme. Les commerçants, en particulier, espéraient que les affaires du magasin de jouets repartiraient de plus belle. Non seulement les Pilon étaient sympathiques, mais le magasin de jouets ne concurrençait aucun des autres commerces et pouvait amener du chaland.

La rue Germain-Pilon montait vers les Abbesses et Montmartre, d'abord en pente douce puis en pente plus prononcée à partir du numéro 27. Elle était préservée du tumulte assourdissant du boulevard de Clichy et de Pigalle par son étroitesse et la rudesse de ses pavés de pierre qui avaient récemment remplacé les pavés de bois. Les véhicules lourds, notamment les bus à impériale, ne pouvaient s'y aventurer. Ceux qui avaient la chance d'y résider formaient une communauté soudée.

Au début de la rue, à l'angle du boulevard de Clichy, le bistrot Le Coup du rouquin constituait un point de ralliement et un poste de garde avancé. Socrate, le patron, était un colosse de deux mètres d'origine grecque. Ses bras étaient comme deux mâts de galion et ses paumes étaient si larges que, entre ses mains, le petit blanc du matin ressemblait à un dé à coudre et le verre de Calva à un jouet de dînette. Il était entièrement chauve, avec des sourcils noirs très fournis qui lui donnaient l'air sérieux d'un philosophe d'un autre temps. Il devait son surnom à son talent inégalé pour offrir des réflexions inattendues et des citations bien choisies. Toutes n'étaient pas compréhensibles, mais elles semblaient profondes. Socrate incarnait la sagesse de comptoir. Il était le Prince de Platon sorti de sa cave-caverne pour accompagner la chaude liqueur de la treille d'une vision pertinente du monde apparent et du monde réel. Personne ne discutait ses avis, même les gens cultivés comme le docteur Raoul Ambroise et M. Roland, le directeur de l'école de la rue des Abbesses. Quand il gratifiait son public-clientèle d'une pensée-citation, chacun opinait du chef, sans avoir nécessairement compris de quoi il s'agissait.

Certains clients venaient chercher du réconfort moins dans la douceur veloutée à douze degrés cinq que dans la philosophie bienveillante du maître des lieux. Les prostituées du boulevard n'étaient pas les dernières à s'épancher auprès de lui, et en particulier Manon. Il y avait aussi les amoureux éconduits, les maris houspillés, les ouvriers épuisés. Pour tous, Socrate avait une parole de sagesse qui tenait lieu de remontant. Et puis, il avait cette force herculéenne qui, à elle seule, rassurait.

Sa femme Léontine était grande aussi, mais bien plus frêle. Quand il l'enlaçait en public, chacun s'attendait à entendre ses os craquer. Mais Socrate mettait de la douceur dans chacun de ses gestes. Il ne brisait jamais un verre ou une assiette, et encore moins sa « petite colombe ». La petite colombe, néanmoins, ne cachait pas son exaspération quand son mari lançait à la clientèle une énième citation.

Elle les connaissait toutes, à force. Mais c'étaient les blagues récurrentes de son mari qui l'énervaient le plus. Il y avait en particulier celle de Dieu écartant les flots de la mer Rouge pour permettre à Moïse et à son peuple de la traverser. Socrate remplissait devant ses clients une bassine entière de vin rouge de table, puis il buvait sous les applaudissements, sans reprendre son souffle, et concluait : « J'ai bu la mer Rouge, Moïse peut passer ! »

Le cabinet du docteur Ambroise se trouvait de l'autre côté de la rue, au numéro 2. C'était le plus bel homme du quartier, avec son mètre quatre-vingts, sa chevelure abondante et noire, son regard mâle et décidé. On lui prêtait de nombreuses conquêtes. On racontait également qu'il battait sa femme Jeanne, même si elle faisait tout pour le cacher. Jeanne était triste, belle et froide. Elle parlait peu et souriait rarement.

Louis et Yvette Montreuil trônaient au numéro 9, dans leur grande boucherie chevaline dont l'enseigne – trois têtes de chevaux en laiton –, éclairée par un néon rouge, se voyait depuis les Abbesses. Les Montreuil considéraient leur commerce comme le plus noble qui soit, puisque le cheval était l'animal le plus noble de la création. Leur boutique ne s'appelait pas « boucherie chevaline » mais « boucherie hippophagique », et il était préférable de s'en souvenir pour ne pas s'attirer les foudres du patron.

La boulangerie du numéro 13 appartenait à Raymond et Jacqueline Fouret. Ils avaient acquis un four à charbon en 1922 et, soulagés de ne plus avoir à fabriquer du pain noir de guerre, avaient varié leur production : blé, maïs, seigle et épeautre. Les miches et tourtes de quinze livres, les baguettes courtes et longues avaient fière allure et, au petit matin, embaumaient la rue. Leurs trois enfants emportaient à l'école la chaude odeur du pain.

Camille, la tante de Gustave, avait vendu l'épicerie du 17, à la mort de son mari, à Eugène et Adeline Médard. C'était un couple discret et sans enfant. Lui avait la soixantaine sèche. Les années ne lui avaient pas apporté une once de graisse. Son épouse, âgée de cinquante-cinq ans, avait grossi pour deux et avait bien du mal à se faufiler derrière le comptoir. Elle faisait régulièrement tomber des boîtes et des pots.

Aaron et Batya Berstein étaient marchands de tissus au numéro 22. Aaron était très apprécié pour son humour juif, un peu décalé, fait d'autodérision envers les défauts de sa communauté et d'autodéfense face à l'absurdité du monde. Il ne se passait pas une semaine sans qu'il constate le pouvoir de l'humour juif sur la tentation antisémite. Au Coup du rouquin, lorsqu'un manouvrier alcoolisé l'attaquait sur la fortune qu'il devait, comme tout juif, cacher sous son matelas tandis que les vrais Français crevaient de faim, il répondait avec un sourire modeste que Dieu aimait les pauvres mais aidait les riches. Aaron se moquait souvent des mères juives. Il faut dire que son épouse en était un joli spécimen. Le couple avait déjà six enfants, soit un tous les deux ans. Par ordre d'apparition, il y avait David, onze ans, puis Deborah, Elias, Elsa, Gamaliel et la petite Léa, née le 30 novembre 1929. Or, Batya Berstein couvait encore David avec autant d'application que Léa.

Aaron n'avait pas adjoint à son activité de marchand de tissus celle de couturier. Il avait préféré la paix à la guerre. Le pacte de non-agression conclu avec Denez et Madalen Guivarch, dont le commerce de vente de vêtements, couture et retouches se trouvait au numéro 27, juste en face des Berstein, était solide. Les Guivarch, conscients du danger, avaient promis aux Berstein de se fournir en tissus exclusivement chez eux. Chacun trouva son avantage à ce partage d'activités, d'autant que l'arrivée de Renée Plouhinec et de ses talents de couturière avait entraîné une augmentation sensible du chiffre d'affaires des Guivarch et, par conséquent, des Berstein.

Tout en haut de la rue Germain-Pilon, à l'angle droit de la rue des Abbesses, se trouvait un dépôt de charbon de mille mètres carrés. Les charrettes à bras faisaient de fréquents allers-retours entre le boulevard de Clichy et le dépôt pour venir charger ou décharger. C'était une nuisance acceptable qui profitait en particulier à la boulangerie et au bistrot, les bougnats aimant le pain et le vin.

Le bistrot de Socrate n'était pas le seul point de ralliement des habitants de la rue. Il y avait aussi l'école élémentaire des Abbesses. Les femmes papotaient devant la porte tous les matins et les conversations continuaient bien après que les enfants étaient entrés en classe. Et puis, chaque dimanche, vers 8 h 30, une longue procession remontait par petits groupes la rue Germain-Pilon, tournait à droite sur la rue des Abbesses où d'autres groupes se joignaient à elle, pour redescendre vers la place des Abbesses. D'autres prenaient le raccourci de la rue Véron qui menait derrière l'église. C'était plus court pour ceux qui vivaient en deçà du numéro 27, mais il était tacitement admis que le chemin le plus long était le seul acceptable pour un bon chrétien.

5

Dans le magasin jaune, le monde ne sera pas parfait, mais il sera à part. Il ressemblera à une fantaisie militaire. Même le désordre sera savamment ordonné.

Il y aura des chemins étroits entre les jouets multiples, comme des sentiers à peine dessinés dans des bois touffus. Il y aura aussi des chaises accueillantes comme des clairières lumineuses, où les grands-parents fatigués se reposeront en jetant des regards attendris sur l'indécision de l'enfance.

Dans le magasin jaune, le temps s'arrêtera pour les enfants et remontera son cours pour les adultes.

Les enfants oublieront, dès qu'ils y entreront, le doudou perdu, la poupée cassée, la mauvaise note et la punition. Les parents s'aimeront de nouveau devant le spectacle de ce qu'ils furent eux-mêmes, ils redeviendront invincibles, héroïques et immortels,

même pour de faux, et laisseront à la porte les pen-
sées de pauvreté, de mort ou de souffrance.

Dans le magasin jaune, on oubliera que lorsqu'on
joue, on peut perdre.

*

Gustave prit contact avec des membres de sa
famille jurassienne. Son cousin Marcel travaillait à
Champagnole chez Giraud-Sauveur, connu pour
son cheval à bascule avec membres en bois et
corps en carton moulé recouvert de peau. Marcel
approcha également des concurrents à Vouglans
et Moirans. De son côté, Gustave démarcha les
sociétés de la région parisienne réputées pour
leurs figurines en plomb ou en étain et leurs
jouets mécaniques. Il fut assez déçu. Mis à part
les figurines militaires qui restaient une valeur
sûre, les jouets manquaient de sang neuf. Puis il
comprit que l'important n'était pas son avis, mais
celui des enfants. Il traîna de longs moments au
rayon jouets des grands magasins afin d'observer
leurs réactions. Au bout d'une semaine passée
au Bazar de l'Hôtel de Ville, à la Samaritaine,
aux Galeries Lafayette, au Printemps et au Bon
Marché, il se rendit à l'évidence : la fascination
des enfants pour les roues dentées, engrenages,
vis et écrous de la société Meccano était manifeste.

Gustave obtint un rendez-vous rue Rébeval
avec le directeur des ventes de la filiale française

de Meccano. Pour éviter d'arriver en retard ou de tacher son costume, il prit un taxi qui lui coûta un franc quarante. Le chauffeur était russe, comme tous les chauffeurs de taxi parisiens. Par un heureux hasard, il arriva devant la porte d'entrée du siège de Meccano au même moment qu'un monsieur distingué que le portier salua avec déférence. Gustave voulut s'effacer pour le laisser passer. Il refusa avec un accent et une distinction britanniques, puis désira connaître le motif de sa venue. Quand le directeur des ventes fit appeler le jeune homme, il fut surpris de le trouver en pleine discussion avec Roland Hornby, le grand patron.

Gustave se montra convaincant. Il raconta ce qu'il avait observé dans les grands magasins, et Roland Hornby fut séduit par la méthode pragmatique et sans frais du petit Français. Il laissa cependant faire son directeur des ventes et Gustave déchanta. La politique de la maison était d'exiger le paiement à la livraison. Or, après le remboursement des créanciers des Muller, les travaux et les engagements qu'il avait déjà pris auprès de divers fournisseurs, il n'avait plus de trésorerie. Le directeur des ventes se montra intraitable, certain de faire bonne impression sur son patron par sa rigueur en affaires. Alors que Gustave s'apprêtait à quitter le bureau et avançait une main désabusée vers celle que lui tendait déjà son interlocuteur, Roland Hornby tapota le sol de sa canne sculptée avec pommeau en ivoire, se leva lentement du fauteuil en cuir depuis lequel il avait assisté, silencieux, à la déconvenue de Gustave, et s'adressa à son directeur des ventes :

— Monsieur Robert, avec M. Pilon nous allons assouplir les règles de la maison. Nous le livrerons et il nous paiera au fur et à mesure des ventes réalisées. Comme un système de dépôt-vente, mais sans crédit fournisseur. Pas de délai ni de pénalités, juste de la confiance. De plus, je veux que M. Pilon puisse mettre dans sa vitrine la dernière création d'Hornby Railways, notre train électrique alimenté par du courant continu six volts.

Ce petit Jurassien avait une chance insolente, se dit M. Robert. Même les grands magasins n'avaient pas obtenu une telle faveur.

Gustave était sur un nuage. Il descendit du bus à impériale place de Clichy et se dirigea vers le bassin de la place Pigalle. Celui-ci semblait plus beau que d'habitude. Tout était plus beau que d'habitude. En ce début du mois de mars 1929, il faisait encore froid et quelques fins morceaux de glace flottaient dans le bassin en scintillant. Un peu plus loin, un agent de police trônait sur un îlot central, enveloppé dans une pèlerine dont seul le col était boutonné afin qu'il puisse régler la circulation de ses gestes amples et majestueux. Il était beau lui aussi. Que la vie était douce ! Maintenant, Gustave en était convaincu : le magasin serait un succès. Valentine serait heureuse. Dans deux ou trois ans, il lui offrirait une automobile et le dimanche, après la messe, ils partiraient à la campagne.

6

Rue Germain-Pilon, le 26 avril 1929

Mes deux rêves prennent forme. Le premier, dans mon ventre. Je ne devrais pas le sentir, après seulement trois semaines, mais sa présence est déjà une évidence. Le second est devenu une réalité palpable, excitante et angoissante. Hier, nous avons inauguré notre magasin de jouets. Tous les commerçants de la rue Germain-Pilon et de la rue des Abbesses étaient invités, ainsi que quelques autres du boulevard de Clichy. Il y eut une clameur d'étonnement quand Gustave fit tomber les toiles blanches qui recouvraient la façade. Nos invités, une fois l'effet de surprise passé, approuvèrent son choix osé : la façade est entièrement jaune et les murs, à l'intérieur de la boutique, le sont aussi. Ce n'est pas n'importe quel jaune. C'est un jaune mimosa qui dégage de la chaleur et du bien-être. La façade du magasin, porte comprise, fait très exactement neuf mètres trente-trois de long dont six mètres de vitrine. Six mètres de vitrine, c'est assez pour exposer les plus beaux jouets en plomb, en métal, en bois, en tissu ou en celluloïd.

Pour l'inauguration, Gustave s'est surpassé, avec sa maniaquerie habituelle. Je n'ai rien fait. J'ai juste approuvé. Sur toute la longueur de la vitrine, une locomotive électrique Hornby Railways, ses trois wagons de marchandises et ses deux wagons de voyageurs circulent en émettant un doux vrombissement accompagné d'un bruit délicat de martellement métallique sur les rails. Le train passe sous un tunnel imitation roche puis traverse une ville du Far West. Les maisons en bois, presque toutes identiques, sont alignées de part et d'autre d'une seule et unique rue poussiéreuse. Une quarantaine de vaches en plomb, surveillées par des cowboys à cheval, se dirigent vers la sortie de la ville pour, sans doute, rejoindre une ferme lointaine. Mais le danger menace. À l'autre extrémité du circuit, une vingtaine d'Indiens aux couleurs criardes attendent au sommet d'une montagne en carton-pâte, tandis qu'au pied de la montagne, une dizaine d'autres, à cheval, s'apprêtent à se lancer à la poursuite du convoi. Au fond de la vitrine, bien en évidence sur une étagère placée à mi-hauteur, trônent une voiture de course, un camion et un avion Meccano. À gauche, également à mi-hauteur, sont disposées toutes sortes de poupées de carton, de celluloïd ou de tissu, tandis qu'à droite des modèles réduits de voitures semblent sortis du dernier Salon de l'automobile. La Bugatti royale, toute de rouge vêtue, y figure en bonne place, à côté de la Torpedo Grand Sport jaune et noire. À l'intérieur du magasin, il faut se faufiler entre un cheval à bascule en bois peint et à roulettes, un Auto-galop avec des roues caoutchoutées et des bicyclettes avec appareil stabicycle. Sur les étagères, la collection des peluches Fadap est à l'honneur : ours à roulettes tiré par un singe, canard droit sur ses pattes, éléphant harnaché et mouton décoré. Sur le comptoir, un crocodile mécanique avance d'un coup de clé dans le derrière, prêt à mordre le client et à faire rire les enfants de leur frayeur vite évanouie.

Juste après que Gustave a dévoilé la façade, il y a eu un coup de théâtre. Ma mère est arrivée, flanquée de notre curé, à défaut d'un conjureur. Il s'est approché de mon mari et lui a demandé l'autorisation de bénir le magasin. Gustave s'est trouvé piégé. Il ne voulait pas gâcher la fête. Alors il a dit oui d'un air résigné. Le curé Rivière, en grand apparat, a sorti son goupillon rempli d'eau bénite. Il a béni notre magasin, notre maison, notre famille, nos espoirs, au nom du Père, du Fils et du Saint-Esprit. À ce moment précis, j'ai senti cette présence dans mon ventre, cette présence dont je n'avais pas encore parlé à Gustave. Et je me suis dit que ce bébé serait exceptionnel.

7

Deux mois après l'ouverture du magasin, les enfants du quartier le surnommaient déjà, avec respect, « le magasin jaune ». Les parents prirent aussi l'habitude de le nommer ainsi alors qu'il s'appelait Le Quinze, enseigne choisie par les Pilon parce que la boutique se trouvait au numéro 15.

Gustave et Valentine vivaient juste au-dessus. Un escalier conduisait au premier étage et débouchait sur le salon-salle à manger. Une belle porte en bois reliait le salon à la cuisine sur la droite, tandis qu'à gauche un couloir menait vers les trois chambres. Une seule chambre était utilisée, mais Valentine entrait souvent dans les deux autres et y restait de longues minutes. Elle fermait les yeux et soupirait en imaginant qu'un jour prochain elles accueilleraient des bébés joufflus et souriants. Elle avait déjà pensé à la décoration des chambres d'enfants. Le jaune serait banni. Elle avait cédé à son mari pour le magasin et devait reconnaître qu'il avait eu raison – les potentialités attractives du jaune sur la jeune clientèle étaient indéniables –, mais le premier étage, c'était son domaine. De plus, il était hors de question que ses enfants puissent penser, dans leurs premiers mois d'existence, que le monde était entièrement jaune. Ils apprendraient assez tôt qu'il n'était pas non plus seulement fait de jouets, ce qui serait déjà perturbant.

La crise financière de 1929 n'eut pas immédiatement de conséquences économiques en France et le chiffre d'affaires se développa. Le jaune inspirait les enfants et les jouets faisaient le reste. Il y en avait pour tous les budgets, des jouets de quatre sous aux modèles réduits des tout nouveaux bolides qui passaient parfois dans les rues de Paris. Les jouets Meccano eurent le succès attendu. Les enfants venaient des quartiers alentour. Certains montaient jusqu'à la rue Germain-Pilon depuis Notre-Dame-de-Lorette et même l'Opéra. Il y avait souvent, devant la vitrine, une demi-douzaine de gamins au regard émerveillé.

En devanture, des peluches côtoyaient des soldats de plomb menaçants. Des sucres d'orge, suspendus dans les airs par des fils de pêche invisibles, défiaient la loi de l'apesanteur. Les premiers mots du petit Pierre, le fils du docteur Ambroise et de sa femme Jeanne, furent « maman », « papa », puis « le magasin raune ». Ses parents tentèrent de le reprendre mais il n'arrivait pas à prononcer le « j ». Ils ne s'obstinèrent pas longtemps car le spectacle de leur garçon montrant du doigt la devanture en répétant avec conviction « le magasin raune, le magasin raune » d'une voix fluette les faisait fondre. Il fallut un peu de temps à l'enfant, alors âgé de deux ans, pour comprendre que la lévitation des sucres d'orge ne tenait pas du miracle. Quand ses parents lui dévoilèrent la supercherie, il refusa tout d'abord de les croire. Puis il se mit à pleurer à chaudes larmes devant la vitrine sans pouvoir s'arrêter. Pour la première fois dans sa petite vie, il était déçu du monde et se sentait trahi. Sa mère tenta de le consoler, mais elle savait à quel point le monde est moins beau quand les sucres d'orge ne volent plus dans les airs.

De l'intérieur du magasin, Gustave Pilon avait observé la scène. Il détacha avec empressement un sucre d'orge, sortit du magasin et le plongea dans la bouche entrouverte de Pierrot qui, aussitôt, cessa de gémir pour profiter d'une autre sorte de miracle. Ses parents voulurent payer le bonbon, mais Gustave refusa : les miracles ne se monnayent pas. Pour les enfants, Gustave et Valentine Pilon étaient des magiciens, plus respectés que le maître d'école, le curé et la maréchaussée.

Mais bientôt, un être plus mystérieux et singulier encore que M. et Mme Pilon fit son apparition.

Le 25 décembre 1930, en effet, les Pilon donnèrent naissance à une fille. Ils auraient dû l'appeler Noëlle mais choisirent le prénom de Germaine.

C'était un hommage à la rue qui leur avait porté chance, celle du magasin jaune.

Germaine Pilon naquit donc au 15 de la rue Germain-Pilon.

Elle perça sa première dent, une incisive du bas, le 6 mai 1931. Ses parents l'avaient laissée aux bons soins de sa grand-mère pour assister en amoureux à l'inauguration, au bois de Vincennes, de l'Exposition coloniale. Le président Gaston Doumergue et le maréchal Lyautey paradèrent en voiture découverte sous des applaudissements nourris tandis que des troupes indigènes, rangées devant les pavillons d'exposition, leur présentaient les armes. Pendant ce temps, le bébé s'étouffait de sanglots. Devant la reproduction du temple d'Angkor, les parures multicolores et les odeurs enivrantes, Valentine crut vivre le plus beau jour de sa vie et se promit d'offrir à son mari, le soir même, une nuit inoubliable. Elle serait une princesse cambodgienne chevauchant un empereur khmer. Renée Plouhinec, dans tous ses états, finit par trouver une solution et sa petite-fille s'endormit enfin, avant le retour de ses parents, en mordillant la cuisse d'une poupée épicière en tissu bourré, soi-disant incassable.

Un an plus tard, jour pour jour, Germaine Pilon fit ses premiers pas au milieu du magasin jaune. Elle tomba la tête la première sur un landau dont le tablier de moleskine amortit sa chute, puis se releva en riant. Le second faux pas fut plus douloureux, car Polichinelle, vert et rouge, au sourire énigmatique, était resté de bois. Au même instant, le président Paul Doumer était assassiné à l'hôtel Salomon de Rothschild. Cette fois, Germaine pleura avant de ravaler ses sanglots par fierté.

Les effets de la crise finirent par se faire sentir. Les grands magasins cassèrent les prix et l'argent ne rentra plus. Pourtant, Gustave était à la pointe de la nouveauté et la vitrine regorgeait de merveilles, du phonographe pour enfants avec un diaphragme à aiguilles au dirigeable en aluminium décoré muni d'une hélice à moteur, en passant par l'avion démontable à moteur en caoutchouc.

L'angoisse, qui avait presque quitté Gustave ces deux dernières années, revint par bouffées. Il se réveillait avec une boule au ventre, la sensation d'être aussi fatigué que la veille et du mal à respirer. Dans son sommeil agité, son anxiété devenait toutefois productive et il eut une nuit une idée lumineuse. En faisant l'inventaire du stock, il avait découvert quatre cartons de poissons et de canards en celluloïd de couleur jaune citron que les Muller avaient achetés dans une tentative désespérée de sauver leur commerce. À la fin des années vingt, ces jouets bon marché avaient rencontré un succès aussi surprenant qu'éphémère. Les enfants aimaient les voir flotter sur les plans d'eau parisiens. Le premier engouement passé, ils devinrent des jouets de salle de bains. Dix jours après sa découverte, Gustave organisa une pêche miraculeuse dans le bassin de Pigalle. Avec l'aide de Valentine, il équipa les poissons et les canards d'une petite rondelle métallique et confectionna des cannes à pêche avec des tiges de bambou.

Ce fut un grand succès. Des équipes se constituèrent. Il y avait des bourgeois, des ouvriers, des commerçants, des femmes, des enfants. Pendant plus de trois heures, la place Pigalle se transforma en kermesse. Les agents de police s'inclinèrent de bonne grâce devant l'allégresse générale. Certains tentèrent leur chance.

Deux mois après ce succès mémorable, Gustave constitua un catalogue de Noël et le fit distribuer par les enfants du quartier en échange de quelques confiseries. Le catalogue était modeste au regard de ceux des grands magasins, mais il faisait tout de même dix pages. Pour certains articles, il indiquait en comparaison les prix pratiqués par les géants du jouet et soulignait les quelques centimes de différence à l'avantage du magasin jaune. On y trouvait le « Teddy acrobate motorisé » à seize francs cinquante, au lieu de seize francs soixante-quinze au Bon Marché, et le « lapin pneumatique sauteur recouvert de peau naturelle » à cinq francs dix, soit vingt centimes de moins qu'aux Galeries Lafayette. Quant à la boîte Meccano A, qui permettait de construire pas moins de cent un modèles allant du moulin à vent au canon antiaérien, Gustave l'affichait fièrement, grâce à ses relations privilégiées avec Roland Hornby, à vingt-sept francs contre vingt-huit au Printemps et même vingt-neuf au Bazar de l'Hôtel de Ville.

Ces deux coups de génie évitèrent la faillite. Valentine était fière de son mari, mais elle supportait de plus en plus difficilement son anxiété. Gustave, conscient de ne pas être facile à vivre, lui offrit, pour leur troisième anniversaire de mariage, un gramophone mallette. Grâce à son amie Françoise dont le mari était anglais, Valentine se procura, deux mois à peine après sa sortie aux États-Unis, le dernier disque de Cole Porter, son compositeur préféré. Le matin dans la salle de bains, la journée dans le magasin, le soir avant de se coucher et même pour s'endormir, elle fredonnait les chansons de Porter. « You do something to me » était sa favorite.

Germaine écoutait. Dès l'âge de trois ans, elle se mit à virevolter dès que sa mère s'approchait du gramophone. Elle mimait « Miss Otis Regrets » en passant le dos de sa main sur son front en signe de désespoir, puis s'effondrait au sol comme un sac de pommes de terre. Elle observait alors ses parents et, certaine d'avoir fait son effet, contractait sa bouche, ne laissant sortir qu'un sifflement de plus en plus incontrôlable, avant de partir dans un fou rire irrépressible. Parfois, ils s'approchaient, inquiets qu'elle ne s'étouffe, mais elle s'arrêtait net, les regardait droit dans les yeux, très fière, avant de se jeter sur eux pour les embrasser. Germaine adorait en particulier embrasser son père. Elle essayait de lui voler un baiser sur la bouche. Elle avait observé sa mère coller ses lèvres sur celles de Gustave, parfois pendant de longs moments. Or, pour sa part, elle n'avait droit qu'à des bisous sur les joues. Ce n'était pas juste du tout. Mais ce n'était pas simple de voler un tel baiser. Son père la voyait venir et tournait la tête au dernier moment. Cela faisait beaucoup rire Valentine. Au début, Germaine avait craint que cela ne la fâche. Mais comme ce n'était pas le cas, elle en avait conclu que sa mère lui avait donné un accord tacite.

8

Dans le magasin jaune, sur les étagères du fond, il y a des poupées de toutes les couleurs et de toutes les matières.

Il ne faut pas mélanger les poupées aux autres jouets car, si certaines sont innocentes, d'autres sont maléfiques. Certaines ont des ancêtres vaudous qui ont servi à jeter des sorts. D'autres sont vouées à conjurer les esprits. Certaines attendent sagement, serrées sur l'étagère, la petite fille qui les adoptera. D'autres prennent leur distance, n'espèrent pas la chaleur d'un enfant et s'entourent d'un mystère menaçant.

Dans le magasin jaune, les poupées ouvrent des passages entre le sacré et le profane, la réalité et le mensonge, l'enfance et la perte de l'innocence, l'immobilité et le mouvement, le souffle de vie et la mort.

Dans le magasin jaune, il y a la poupée à la bouche de mercure qui était déjà là à l'époque des

Muller et que personne n'achètera jamais tellement elle effraie les enfants et tellement elle rappelle les anciens propriétaires – à croire que leurs âmes damnées s'y sont réfugiées. Ses yeux noirs opaques sont le miroir des peurs les plus profondes, renvoyant celui qui l'observe à la conscience de sa mortalité, tandis qu'elle, la poupée à la bouche de mercure, restera éternellement belle, arrogante et froide, elle qui ne regarde nulle part tout en regardant partout, elle qui semble épier, observer, calculer.

*

Comme chaque jour, Valentine faisait le ménage en attendant les clients. Gustave avait refusé toute étagère vitrée. Les enfants devaient pouvoir toucher, saisir, soupeser et regarder les jouets sous toutes les coutures, même si certains étaient des nids à poussière, comme les peluches et les jouets mécaniques. Pour sa femme, dépoussiérer était une routine fastidieuse. À peine avait-elle terminé qu'elle devait recommencer. Dans les premiers mois, elle le fit de bonne grâce. Elle parlait aux jouets auxquels elle faisait, disait-elle, la toilette. Avec le temps, l'usure de la répétition se fit sentir. Il fallait qu'elle soit de très bonne humeur pour leur parler encore. Et puis Gustave n'était plus dans le magasin. Il passait ses journées dans l'arrière-boutique transformée, au début de l'année 1934, en un atelier de réparations, une clinique des jouets.

La crise économique s'était installée durablement. Les ventes étaient au plus bas. L'embellie de la pêche miraculeuse et du catalogue de Noël avait été de courte durée. Gustave avait toutefois trouvé une solution à force de se tordre les méninges. Puisque les jouets ne se vendaient plus, il réparerait les jouets déjà vendus. Les parents, à défaut de pouvoir investir dans de nouveaux trésors, dégoteraient bien quelques sous pour faire réparer leurs jouets cassés. La demande ne se fit pas attendre. Les enfants apportaient, dans le cabinet du docteur Gustave, leurs poupées décapitées ou démembrées, leurs boîtes à musique qui n'en faisaient plus, leurs diablotins qui jaillissaient péniblement ou leurs soldats aux fusils tordus. Au numéro 15, on faisait des miracles. Gustave disait au bébé marcheur amputé d'une jambe de remarcher, et il remarchait. Il recousait les yeux des nounours et leur rendait la vue. Les enfants arrivaient en pleurant et repartaient le cœur en joie. Parfois, ils devaient attendre plusieurs jours dans l'angoisse, quand l'état du patient nécessitait une lourde opération. Leur bonheur n'en était que plus grand à la vue de leur doudou ressuscité. Hélas, de temps en temps, la greffe ne prenait pas. Gustave avouait son impuissance, mais trouvait des mots réconfortants pour annoncer la tragédie. Cette nouvelle activité eut sur lui un effet positif dans la mesure où, constamment occupé, il n'avait plus le temps de penser. Elle eut aussi un effet négatif : il ne sortait plus du magasin jaune. Il trouvait un apaisement dans cette vie de reclus qui lui permettait d'oublier que le monde menaçait d'exploser.

Le 6 février 1934, cependant, ce ne fut pas un jouet meurtri qui franchit la porte du magasin jaune à la tombée de la nuit, mais un homme blessé et aux abois. Tout l'après-midi, Paris avait été en feu. Des manifestations, organisées par des milices d'extrême droite et des Français écœurés par la corruption du monde politique sur fond de scandale Stavisky, avaient dégénéré. L'on disait qu'à la Concorde et sur le boulevard Saint-Germain, la police avait tiré et tué. Les forces de l'ordre, à cheval ou à pied, coursaient les manifestants dans les rues de Paris. L'homme qui pénétra dans le magasin jaune semblait être poursuivi par le diable. Son visage et sa chemise étaient rouges de sang. Il supplia Gustave de le cacher. Déjà l'on entendait les sabots des chevaux qui remontaient la rue. Gustave lui fit signe de le suivre dans la réserve. Il le fit asseoir dans une grande caisse et le recouvrit d'animaux drolatiques, de poupées en tissu bourré et de panoplies d'Indiens.

C'est alors qu'un autre manifestant, poursuivi par deux cavaliers, entra dans la cour à bout de souffle et trébucha devant la vitrine du magasin jaune. Au-dessus de lui, un cheval se cabra. Étendu de tout son long, il vit le poitrail musclé de l'animal, ses deux membres suspendus en l'air et, au-dessus, la tête violemment retenue en arrière par le mors. Puis le cavalier relâcha les rênes et les membres du cheval, lourds et puissants, retombèrent. L'homme à terre tenta de se protéger le visage. Les sabots le heurtèrent deux ou trois fois. Pour éviter le coup fatal, il roula sur lui-même. Il tournait le dos à l'animal et, collé à la vitrine, fixait, terrifié, l'intérieur du magasin jaune.

Au milieu de la boutique, Germaine le regardait. Elle était pétrifiée par le spectacle de la violence. C'était la première fois qu'elle lisait sur un visage la souffrance et la peur. Subjuguée, elle ne pensa pas à fermer les yeux et à crier. Elle serra son doudou très fort contre elle tandis que l'homme, lentement, glissa sur la surface vitrée, laissant à chaque centimètre perdu une traînée de sang. Valentine, elle, détourna les yeux. Cette scène lui était insupportable. Ce n'était pas la violence des livres, intellectuelle et théorique, mais le sang qui gicle, les os qui se broient, les grimaces de souffrance. L'homme fut relevé et emporté comme un gibier mort. Son corps inerte semblait peser une tonne. Mais tout cela s'était déroulé dehors. Quand les forces de l'ordre entrèrent dans le magasin, toute la folie du monde s'y invita. Les policiers fouillèrent la boutique et la maison de fond en comble. Ils repartirent sans s'excuser, comme une tornade disparaît en laissant derrière elle la ruine et la désolation. Un policier, avant de quitter les lieux, observa Germaine, blottie dans les bras de sa mère. Il s'approcha et lui demanda si elle avait vu un homme blessé entrer dans le magasin. Valentine et Gustave échangèrent un regard inquiet. La petite fille fixa le policer droit dans les yeux et répondit qu'elle n'avait vu personne, à part le monsieur recouvert de sang dans la cour.

Les Pilon attendirent un long moment avant de sortir l'inconnu de sa cachette. Il s'était évanoui. Gustave partit chercher le docteur Ambroise. Ils revinrent et l'installèrent au premier étage, dans la chambre d'enfant vide. Ils le nettoyèrent et le pansèrent. Le docteur les rassura. Les blessures étaient superficielles et leur protégé pourrait partir dès le lendemain, après une nuit de sommeil.

Le lendemain, il voulut s'expliquer mais Gustave préféra ne rien savoir. L'homme était sans doute un membre de ces milices fascistes, Action française ou Croix de feu, voire un adorateur du petit excité berlinois. Il l'avait secouru parce qu'il était entré dans le magasin jaune comme on entre dans une église, à la recherche d'un refuge. Le lieu n'avait pas été béni pour rien.

Germaine eut un sommeil agité pendant quelque temps, puis oublia le visage ensanglanté plaqué sur la vitrine du magasin jaune. Il en fut de même pour Valentine qui considérait les soubresauts politiques comme un jeu absurde et sans intérêt. Un marchand de jouets n'avait pas à s'en préoccuper. Il était possible de vendre des jouets dans un monde de peurs et de souffrances. C'était même la meilleure chose à faire. Il suffisait de ne pas y penser et d'enlever sans tarder le sang sur la vitrine du magasin jaune, afin que la vie reprenne son cours.

Gustave, au contraire, alors même que Valentine avait effacé la moindre trace du drame, continuait de voir le sang couler. Il ressentait l'intrusion de la violence dans l'espace préservé du magasin jaune comme le signe d'une menace latente, une fissure sur un plafond tout juste refait. Alors il exigea plus de perfection encore. Plus le chaos envahissait le monde, plus l'ordre devait régner dans sa boutique. Si une facture n'était pas bien rangée, il piquait une colère noire. Le moindre incident de paiement ou de livraison lui provoquait des douleurs intestinales intenses. Son calme revenu, il reconnaissait s'être emporté sans raison et demandait pardon à sa femme, mais elle n'en pouvait plus. Elle découvrait avec tristesse qu'elle commençait à ne plus l'aimer. Après si peu d'années de mariage, ce désamour progressif la culpabilisait. Elle avait promis bien autre chose devant Dieu et ne voulait pas se résoudre à la débâcle de ses sentiments.

9

Dès l'âge de cinq ans, Germaine Pilon fut identifiée au magasin jaune et surnommée Quinze. Ce fut Pierre, le fils du docteur Ambroise, qui l'appela ainsi pour la première fois. Depuis la rue, par la vitrine, il la voyait souvent, impériale, sur un cheval à bascule ou en grande discussion avec Arlequin. Comme il ignorait son prénom, il l'appela Quinze et ce surnom s'imposa à tous.

Quinze eut un effet inattendu sur sa grand-mère. Aussi glacé soit le cœur de cette dernière, elle parvenait à le faire fondre. L'attitude de Renée Plouhinec était d'autant plus surprenante qu'au cours de la grossesse de Valentine, elle avait prié saint Corentin que sa fille donne naissance à un garçon, un soldat pour gagner la prochaine guerre. Intraitable sur le sujet de la religion, elle résolut de conduire sa petite-fille sur le chemin exigeant de la foi. Au début, Quinze fut docile. Elle accompagnait trois fois par semaine sa grand-mère à l'église Saint-Jean-de-Montmartre. Mais à partir de sa sixième année, elle montra des signes de réticence. Ce n'était pas tant l'église qui lui déplaisait que l'accoutrement imposé par sa grand-mère. Celle-ci exigeait que Quinze porte toujours la même robe en laine noire, affreuse, qui lui montait jusqu'au cou. En hiver, elle était supportable, mais dès le début du printemps elle devenait trop chaude. Pire encore, elle piquait, elle grattait. C'était une robe à démangeaisons.

Un dimanche, au début du mois de juin, Quinze, qui n'était pas du genre à se soumettre, décida de passer à l'action. Elle sortit de sa chambre tôt le matin et se glissa dans la cour. Elle regarda le chêne tordu avec appréhension, territoire mystérieux, inaccessible et dangereux, fait de coins et de recoins, de branches amies ou traîtresses, de choix à faire et de risques à prendre. Au pied de l'arbre, elle se sentit toute petite, écrasée par sa majesté. Elle passa prudemment de branche en branche en s'assurant de la solidité de celles qu'elle ne connaissait pas. Une fois parvenue au sommet, elle choisit un nœud accueillant. Seule sa tête dépassait du champignon de feuilles. D'un côté, elle pouvait voir le boulevard de Clichy jusqu'à la place Pigalle, et même, en dessous, jusqu'à la place Saint-Georges. De l'autre, elle avait une vue plongeante sur la rue Germain-Pilon, jusqu'à l'entrepôt de charbon.

La fillette aperçut bientôt la silhouette noire et courbée de sa grand-mère descendant la rue Germain-Pilon. Elle la vit passer près de l'arbre et entrer dans le magasin. Elle retint son souffle. Son cœur battait très vite. Dans quelques secondes, l'alerte serait donnée. Elle plongea sa tête dans le feuillage et se recroquevilla en boule. Elle aurait dû mettre sa robe verte et non la jaune, pour se confondre avec les feuilles. Elle entendit des clameurs puis vit sa grand-mère et sa mère sortir du magasin. Les deux femmes regardèrent à droite et à gauche, remontèrent une partie de la rue, revinrent sur leurs pas et rentrèrent dans la boutique. Elles en ressortirent accompagnées de Gustave. Celui-ci s'éloigna dans la rue Germain-Pilon d'un air décidé. Il partait à sa recherche, conclut Quinze. Elle devait tenir encore un peu. Elle s'en voulait de faire peur à ses parents mais n'avait pas le choix. Bientôt sa grand-mère s'en irait : rien ne pouvait lui faire rater le début de l'office. Mais voilà que sa mère se tenait sous l'arbre, les bras croisés et le regard noir. Elle regardait tout en haut, dans sa direction. Quinze aurait voulu devenir aussi petite qu'un gland.

— Quinze, ça suffit. Tu descends maintenant. Tu nous as fait assez peur comme cela.

— Quinze, dépêche-toi, on va être en retard, ajouta sa grand-mère.

Elle hésita. Descendre, c'était pire que tout. Non seulement elle devrait mettre la robe qui pique, mais en plus elle subirait la punition.

— Quinze, je t'ordonne de descendre ! reprit Valentine en colère. Et si j'étais toi, je le ferais avant que ton père ne revienne…

Cet argument redoutable fit pleurer Quinze, qui pourtant trouva la force de tenir bon.

— Non, je ne veux pas descendre. Je ne veux pas mettre la robe de corbeau qui gratte partout. Je ne veux pas aller à l'église…

— Mon Dieu, dit simplement la grand-mère.

Puis elle tourna les talons, s'engagea dans la rue Germain-Pilon et la remonta en pressant le pas. Pour le coup, elle serait obligée de prendre le raccourci de la rue Véron.

— Bon, maintenant tu descends, dit Valentine.

Quinze voulut obéir à sa mère mais tremblait de tout son corps. Son pied gauche glissa. Elle parvint à le reposer sur une petite branche. Ses deux mains s'agrippaient au nœud de l'arbre. La branche était sur le point de céder. Quinze était tétanisée. Soudain, elle se sentit soulevée, emportée, et se retrouva au pied de l'arbre, dans les bras de son père, sa joue humide de pleurs contre celle de Gustave. Elle l'agrippait de toutes ses forces.

10

Rue Germain-Pilon, le 2 juillet 1936

Mon cœur s'est arrêté. J'étais là, incapable et inutile. Si Gustave n'était pas revenu à temps, Quinze serait peut-être morte devant moi. Le bonheur s'installe. On ne le reconnaît même plus et on oublie qu'il peut disparaître en un instant. Tout cela est si fragile. Pour la première fois, je comprends l'angoisse de mon mari, d'autant que nous n'aurons pas d'autre enfant. Maintenant, j'en suis certaine. Je voulais tellement avoir un autre enfant. J'ai adoré être enceinte, malgré les nausées et le corps qui se transforme. Je me souviens surtout des coups de pied, comme des petites pulsations, au début, qui me chatouillaient à peine, avant de devenir si prononcés qu'ils dessinaient des bosses éphémères sur mon ventre tendu. C'étaient les coups d'une petite fille impatiente de sortir, des coups qui ne faisaient jamais mal, des coups de douceur, des coups de velours, comme si j'étais frappée avec une rose sans épine. Gustave riait de voir mon ventre se tordre, se gonfler, se dégonfler. Il trouvait ça émouvant. Moi, c'était autre chose. J'étais heureuse qu'elle gigote en moi, qu'elle montre sa présence car, quand elle ne bougeait plus, j'avais peur qu'elle soit morte. Pour me rassurer, je secouais mon ventre et je la réveillais. Je ne pouvais pas m'en empêcher. J'étais trop inquiète de ne plus la sentir. Pendant trois ans, nous avons essayé de reproduire le miracle. Selon le docteur Ambroise, il n'y avait aucune raison que je ne tombe pas enceinte de nouveau. Puisque je l'avais fait une fois, je pouvais le refaire.

Il y a quelque temps, nous nous sommes fait une raison. Depuis, ce doit être une sorte de contrecoup, nous ne faisons presque plus l'amour. Comme si nous reconnaissions notre défaite. Comme si faire l'amour ne servait plus à rien. Nous avons trop désiré et le renoncement nous a laissés vides, un peu hagards. Mais que Quinze soit notre unique trésor ne justifie pas le laxisme de son père. Il lui passe tout. Non seulement il ne l'a pas punie pour être montée dans l'arbre, mais il lui a construit une cabane, à l'endroit où les grosses branches s'évasent, avec une échelle de corde. Comme ça, a-t-il dit, il n'y aura plus de danger. Puis ils ont peint la cabane de la même couleur que le magasin. C'est assez étonnant, cette cabane jaune en face du magasin jaune. Quinze a commencé à équiper son refuge, un vrai nid douillet avec des couvertures, des coussins et des poupées. Évidemment, elle y a mis aussi son arc et ses flèches, deux épées en bois, une carabine à air comprimé et une fronde. On ne sait jamais. Cela dit, elle n'a pas grand-chose à craindre. Quand elle remonte l'échelle de corde, la cabane est inaccessible.

Que Quinze mène son père par le bout du nez n'est guère surprenant. En revanche, je n'aurais jamais imaginé que sa grand-mère puisse céder. Elle lui a finalement fabriqué une belle robe bleu ciel avec des frises en dentelle, aussi légère que de la mousseline. Le lendemain, elles sont parties main dans la main pour l'église. Quinze était très fière et sa grand-mère encore davantage.

11

Dans le magasin jaune, les soldats sont à l'honneur. Ils défilent dans un ordre impeccable. Ils n'ont pas peur de mourir. Les Romains saluent Jules César, les grognards suivent Napoléon, les Poilus s'installent dans les tranchées. La devanture sent la poudre et le sang de toutes les guerres.

Dans le magasin jaune, on n'accepte plus la légèreté et l'insouciance. On n'oublie pas ceux qui sont morts pour la France.

Dans le magasin jaune, la devanture est le reflet de l'âme de Gustave, et les jouets sont la mémoire collective, le monde que l'on montre aux enfants, l'histoire qu'on leur raconte.

*

L'ambiance était lourde. L'euphorie du Front populaire s'était éteinte et les discours de paix étaient de moins en moins audibles. Tout le monde parlait de guerre contre l'Allemagne. Au Coup du rouquin, les avis divergeaient, non seulement sur l'imminence du conflit mais aussi sur le rapport de forces. Le ministre André Maginot était mort depuis longtemps mais la ligne de fortifications de la frontière nord-est venait seulement d'être achevée. La presse détaillait, avec force louanges, le dispositif « On ne passe pas », censé prémunir la France d'une attaque surprise. M. Roland était le plus pessimiste de tous. Socrate, pour sa part, soutenait une de ses grandes théories : la ligne Siegfried était parallèle à la ligne Maginot et ne pourrait pas la traverser, puisqu'il était de l'essence des parallèles de ne jamais se rejoindre.

La menace d'une nouvelle guerre contre l'Allemagne raviva une blessure profonde chez Gustave. De façon sourde, les sentiments d'injustice et de colère remontèrent à la surface. Les affaires allaient de plus en plus mal et le magasin jaune était en péril. Le jouet avait prospéré dans l'après-guerre, à une période où l'envie de vivre, de rire et de s'amuser l'avait emporté sur les difficultés économiques. On croyait encore en une prospérité qui s'installerait peu à peu. Des idées lumineuses avaient soutenu le marché : la frénésie du yo-yo et le retour en force du bilboquet en 1932, la poupée Shirley en 1934, l'explosion du Monopoly à partir de 1936, ou encore les baigneurs Petitcollin. Or

1938 était une année creuse sur le plan des innovations ludiques.

Mais un autre sujet d'inquiétude minait Gustave : Valentine ne riait plus et ses rares sourires ressemblaient à des grimaces. Elle semblait être constamment irritée. Elle ne parlait plus aux jouets. Elle écoutait ses disques en boucle, des chansons qui parlaient d'amour, de passion, d'aventure. Elle en voulait à son mari d'être ce qu'il avait toujours été, un homme torturé, incapable d'apprécier la vie. Alors Gustave était malheureux. Et comme il était malheureux, il prit l'habitude de passer ses soirées au Coup du rouquin, moins pour boire que pour échapper au silence de son couple et au spectacle de son délitement. Il avait recommencé à fréquenter Manon. Il lui faisait l'amour sans réel plaisir, mais la jeune prostituée lui apportait un soulagement temporaire, lié à la sensation troublante d'être hors de sa vie, loin du magasin jaune et de Valentine. Manon était triste de le voir ainsi. Elle n'avait jamais pensé qu'elle l'aurait de nouveau comme client. Lui et sa femme formaient un si beau couple. Elle les enviait tellement : un magasin de jouets, un enfant, le bonheur pour soi et pour les autres.

Socrate n'appréciait pas davantage de voir son ami chercher le réconfort au fond d'un verre. Il ne buvait pas avec excès, mais il buvait triste, sans philosophie. De plus, alors que Socrate considérait le vin comme un cadeau des dieux déliant la langue et l'esprit, rendant l'une plus acérée et l'autre plus aiguisé, Gustave se taisait. Il buvait et se taisait. Et comme il se taisait, il ne se soulageait pas, n'expliquait pas, et personne ne comprenait.

Valentine elle aussi laissait la barque dériver. Elle n'était pas déprimée comme Gustave, mais aigrie. En voyant grandir Quinze au milieu des jouets, de l'affection et de l'admiration de tous, elle pensait à sa propre vie, au désintérêt de sa mère à son égard, à la façon que celle-ci avait toujours eue de la rabaisser. Maintenant que les premières rides apparaissaient, elle sentait revenir son manque de confiance en elle. Elle aurait pu effacer le passé si sa vie lui avait convenu. Mais ce n'était pas le cas.

Au début, bien sûr, cela avait été merveilleux. Elle avait découvert l'amour dans les bras de Gustave et ils avaient eu ensemble ce projet fantastique du magasin jaune. Ils avaient travaillé comme des damnés pour réaliser leur rêve. Ils n'avaient fait que cela, à vrai dire. Jamais de vacances, et de moins en moins de loisirs. Au début, son mari pensait encore à la divertir. Il y avait eu ce moment magique de l'Exposition coloniale en 1931 et, en 1937, le magasin était resté fermé trois jours entiers pendant lesquels ils avaient visité les pavillons de l'Exposition universelle. Il y avait eu également des petites sorties quotidiennes, cinéma, théâtre, restaurant, ou balade en amoureux sur les bords de Seine. Peu à peu, cependant, les divertissements et les surprises s'étaient réduits comme peau de chagrin, et il ne leur restait plus que la traditionnelle sortie au Grand Palais, à l'occasion du Salon de l'automobile. Chaque année, Gustave et Valentine essayaient deux ou trois automobiles. Ils remontaient les Champs-Élysées, contournaient l'Arc de Triomphe et revenaient se garer devant le Grand Palais. À chaque fois, Valentine espérait que Gustave se laisserait tenter. Elle le suppliait du regard mais il était raisonnable, toujours trop raisonnable, et remettait l'achat tant attendu à l'année suivante, quand le chiffre d'affaires serait stabilisé, quand la crise serait passée, quand l'installation électrique du magasin aurait été refaite. Quand, quand, quand…

Valentine était exaspérée. Elle vendait des rêves, mais les siens n'étaient jamais exaucés. Alors elle commença à faire des rêves dont Gustave était absent. Pour donner corps à ses fantasmes, elle se mit à penser de plus en plus souvent au docteur Ambroise. C'est avec lui qu'elle partait au bord de la mer et parfois même dans des pays lointains. Ses caresses étaient brûlantes et il l'attirait autant qu'il lui faisait peur. Il était le songe idéal : un mélange subtil d'aventure et de danger, d'élégance et de brutalité. Mais quand Valentine ne rêvait plus, elle prenait conscience que sa vie tournait au désastre.

Un jour, perdue dans ses pensées, elle faillit être heurtée par un bus à impériale. Elle fut saisie d'effroi et se sentit soudain terriblement seule, au milieu de la foule et du brouhaha de la place de Clichy. Elle se mit à pleurer. C'étaient des pleurs de rage et de peur. Comme ses jambes ne la portaient plus, elle s'assit à la terrasse du café Biard et commanda un panaché. Il faisait chaud pour un mois de mai. Elle reprit ses esprits. Elle avait failli mourir écrasée par un bus, mais elle était là, en vie et intacte. Cette frayeur passée agit comme un déclic. Il était temps qu'elle reprenne son couple en main. Si elle ne faisait rien, leur amour s'éteindrait comme une chandelle trop courte et le magasin jaune deviendrait son tombeau.

Valentine n'eut pas à réfléchir longtemps sur la stratégie à mettre en place. Un homme-sandwich passa devant la terrasse du café. Sur le panneau, elle vit l'affiche de *L'Ange bleu*. Marlène Dietrich était assise sur un tonneau. Elle portait un haut-de-forme et une robe courte qui laissait voir ses jambes habillées de bas noirs. Sa jambe droite était relevée dans une attitude sensuelle et provocatrice. Son regard était énigmatique. Il semblait ironiquement appeler à l'amour, tout en signifiant qu'elle n'appartiendrait jamais à personne. Celui qui s'y frotterait deviendrait sa chose. Il se brûlerait les ailes à la chaleur de son corps. Ce regard avait toutefois de la douceur et une sorte de bienveillance, comme une tolérance pour la faiblesse des hommes. Valentine adorait Marlène Dietrich mais n'avait pas pu voir *L'Ange bleu* à sa sortie en France huit ans plus tôt. Elle était alors enceinte et le docteur Ambroise lui avait déconseillé de se rendre dans des endroits trop fréquentés. Elle avait obéi avec regret. Son amie Françoise lui avait toutefois fait découvrir la version anglaise de la chanson du film, « Falling in love again », et

Valentine avait été subjuguée. Et voilà que *L'Ange bleu* était joué de nouveau au Gaumont-Palace, rue Caulaincourt. Cela faisait une éternité qu'ils n'étaient pas allés au cinéma. Le Gaumont-Palace n'était qu'à dix minutes à pied de la rue Germain-Pilon. Gustave ne pourrait pas arguer de la distance et de la fatigue, comme il le faisait chaque fois qu'elle proposait une sortie.

Valentine revint au magasin très excitée à l'idée de passer une soirée romantique avec celui qu'elle avait encore envie d'aimer : cinéma, restaurant, promenade nocturne dans les rues de Paris et nuit d'amour dont elle ferait en sorte qu'il se souvienne pendant longtemps. Elle enfila une robe légère et descendit dans la boutique. Gustave était penché sur le cahier de comptes. Elle l'embrassa dans le cou, lui demanda de laisser ses comptes pour une fois. Il faillit se laisser tenter. Il regarda Valentine, si jolie, si désirable. Mais son âme était attachée à une ancre qui l'attirait vers le fond. Il était trop déprimé pour vouloir être heureux. Alors il trouva une excuse, comme toujours : il était hors de question qu'il aille voir le film d'un Boche.

12

Dans le magasin jaune, à mi-hauteur, sur les éta-
gères de gauche, il y a les automates Martin avec
leur clé dans le dos, sur le côté ou dans les fesses, qui
répètent des gestes prévisibles : une fermière trait
une vache, un cycliste se met en valseuse, un boxeur
décroche une droite et un singe de cirque joue du
tambour.

Dans le magasin jaune, juste au-dessous des auto-
mates, il y a des boîtes à surprise et, parmi elles, celle
du diablotin : lorsqu'on l'active, il sort si brusque-
ment que tous les cœurs battent la chamade.

Dans le magasin jaune et sur sa façade, il s'est
passé quelque chose : un nuage a fait perdre au
jaune une partie de son éclat. Ce n'est plus le jaune
resplendissant des empereurs romains et chinois.
Ce n'est plus le jaune intense de la fête et du bon-
heur. C'est un jaune de foi malade, un jaune de
trahison.

Pour se prouver qu'il y a encore une vie en dehors du magasin jaune, Valentine irait tout de même au cinéma, seule. Elle marcherait comme un automate évadé de la boutique de jouets, avec une clé enfoncée dans le cœur qu'elle aurait tournée au maximum. Le mécanisme s'arrêterait devant la façade imposante du Gaumont-Palace. Et ce serait trop tard. Elle n'aurait pas la force de le remonter. Elle se sentirait minuscule, sous l'immense affiche de *L'Ange bleu*. Elle pénétrerait dans le temple du cinéma. Cinq mille fauteuils et parmi eux le sien, bien placé, à mi-hauteur et au milieu. L'homme qui viendrait s'asseoir à ses côtés serait le docteur Ambroise, si séduisant. Il la courtiserait, évidemment. Et elle serait flattée. Elle oublierait un instant sa tristesse, la méchanceté de Gustave, le manque de légèreté. Elle se sentirait belle de nouveau, désirable, pas amoureuse mais excitée, presque disponible, résolue en tout cas à ne plus être seulement l'automate qui chaque matin recommence les mêmes gestes.

Puis les lumières s'éteindraient. L'orchestre du Gaumont-Palace se mettrait à jouer. Le grand orgue électrique Christie dominerait les autres instruments. Une jeune femme se présenterait sur scène, devant le rideau, et chanterait « Falling in love again ». Valentine sentirait alors le regard du docteur, comme un souffle chaud parcourant son corps.

Pendant le film, il n'aurait aucun geste déplacé, mais à la sortie du cinéma il l'inviterait à monter dans sa Torpedo quarante chevaux décapotable. Elle serait subjuguée par les courbes parfaites de l'automobile, le bleu métal de la carrosserie, les fauteuils en cuir, les boiseries du tableau de bord, et elle accepterait.

À partir de cet instant, on dirait que Valentine n'en aurait plus rien à faire du magasin jaune, de Gustave et de ses crises d'angoisse, de ce que l'on dit du docteur et d'être une pièce de plus dans sa collection.

On dirait que Valentine voudrait être un peu frivole comme dans les Années folles, sentir le vent léger d'une nuit de printemps caresser ses cheveux, fermer les yeux et écouter la musique sortant par magie du tout nouvel autoradio de Blaupunkt.

Parlez-moi d'amour
Redites-moi des choses tendres
Votre beau discours
Mon cœur n'est pas las de l'entendre

On dirait qu'elle écouterait les belles paroles du docteur en voulant être dupe et se laisserait embrasser.

On dirait que dès le lendemain, le docteur viendrait au magasin et que Valentine aurait les jambes qui trembleraient. Il se ferait insistant, essaierait de lui voler un autre baiser mais elle résisterait.

On dirait qu'il reviendrait souvent, que le magasin jaune ne serait plus capable de la protéger, qu'elle n'arrêterait pas de penser à lui, que toute la journée elle aurait peur de le voir entrer, tout en l'espérant très fort.

On dirait qu'elle n'aurait jamais ressenti cela avec Gustave, jamais eu cette boule dans le ventre et les genoux en coton.

On dirait qu'elle penserait même n'avoir jamais aimé Gustave, l'avoir cru seulement et comprendre enfin qu'elle ne voulait que le magasin jaune, quitter sa mère, lui prouver qu'elle pouvait réussir mieux qu'elle, faire des enfants et surtout devenir quelqu'un, une femme mariée, une mère, une commerçante, plus une pauvre fille, une incapable.

On dirait qu'enfin elle accepterait un rendez-vous dans un hôtel discret, mentirait à Gustave, se ferait belle et désirable, sortirait du magasin jaune en prenant un air détaché, marcherait lentement, ralentie par un poids sur le cœur.

Mais on dirait qu'elle n'irait pas jusqu'au bout parce qu'elle serait lâche, parce que, même si on n'a qu'une vie, elle préférerait laisser rouiller la sienne plutôt que de la brûler et d'en ramasser les cendres. Elle n'irait pas, parce que la vie n'est pas un jeu, même quand on vit dans un magasin de jouets.

Elle n'irait pas, parce qu'elle penserait au magasin jaune, tournerait le dos à l'hôtel et se mettrait à courir, vite, de plus en plus vite, pour rejoindre son univers, de peur que celui-ci ne s'effondre, de peur que le magasin jaune, Gustave et Quinze disparaissent et qu'à hauteur du numéro 15, il n'y ait plus qu'un trou et, dedans, le vide.

13

Dans le magasin jaune, la princesse tremble.

Dans le magasin jaune, le roi et la reine se disputent de plus en plus souvent et de plus en plus violemment.

Dans le magasin jaune, le roi a brisé de rage la poupée à la bouche de mercure, si bien que les âmes damnées des Muller se sont échappées et sont venues heurter le manège enchanté qui s'est brisé en mille morceaux. Et même s'il n'est pas tout à fait certain que ce soit la vérité, c'est celle de la princesse et de sa grand-mère qui y croient dur comme fer.

Dans le magasin jaune, le roi et la reine sont si tristes qu'ils ressemblent aux Muller avant qu'ils ne se pendent : gris, aigris et la tête baissée. Maintenant, la princesse a peur que le roi et la reine ne s'aiment plus, qu'ensuite ils ne l'aiment plus, et qu'à la fin ils se pendent à cause de la malédiction des Muller.

Dans le magasin jaune et sur sa façade, le jaune qui s'affadit est une perversion de l'absolu, la fin d'un monde presque parfait, un soleil qui s'éteint.

*

Quinze eut bientôt un autre sujet d'inquiétude que le désamour de ses parents. Elle fit un rêve étrange. Plus étrange encore, elle ignorait s'il s'agissait vraiment d'un rêve. Cela s'était passé au petit matin mais elle était réveillée. Dans un demi-sommeil, mais réveillée. En cette fin du mois d'août, les nuits étaient chaudes, et elle avait laissé sa fenêtre ouverte. Vers six heures, elle entendit distinctement la charrette à bras du bougnat sur les pavés de pierre. Elle ouvrit les yeux et vit sa grand-mère devant elle, au bout du lit. Elle était tout de blanc vêtue, jusqu'à sa coiffe bigoudène. C'était une haute coiffe de cérémonie. L'effet de surprise passé, Quinze demanda à sa grand-mère ce qu'elle faisait là.

— Je suis de passage et j'ai besoin de toi.

— Bien sûr, grand-mère.

— Je voudrais que tu vides l'eau des fleurs et que tu ouvres la fenêtre.

— Quoi, tout de suite ?

— Non, bientôt.

Puis Renée Plouhinec disparut.

Lorsque Quinze raconta cette aventure à sa grand-mère, celle-ci resta silencieuse un long moment avant de s'adresser à Quinze avec résignation :

— Es-tu certaine que je suis venue le matin ?

— Oui.

— Dans ce cas, l'*Oberour ar maro* ne tardera pas.

— Quoi ?

— L'ouvrier de la mort. Je ne crois pas qu'il s'agissait de la charrette à bras du bougnat.

Quinze fut prise d'un doute. D'habitude, le charbonnier passait à sept heures. Or, elle avait regardé l'horloge et il n'était que six heures.

— C'était peut-être le *Karriguel ann Ankou*.

Quinze adressa un regard horrifié à sa grand-mère. Celle-ci lui avait déjà parlé du char de la mort.

— Quinze, ne t'inquiète pas. Tout se passera bien. Mais je vais avoir besoin de toi.

— Je sais, vous me l'avez dit ce matin.

La petite fille avait les larmes aux yeux.

— Ce matin, ce n'était pas vraiment moi. C'était un intersigne.

— C'est quoi un intersigne ?

— C'est un signal que Dieu m'envoie pour que je sois prête.

— Prête à quoi ?

— À le rejoindre.

Quinze vint se blottir dans les bras de sa grand-mère. À présent elle pleurait sans retenue. Renée Plouhinec la serra très fort et l'enfant retrouva son calme.

— Écoute, c'est toi qui vas veiller sur moi. Dès que je serai morte, tu videras l'eau du vase pour que mon âme ne s'y noie pas. Puis tu ouvriras grand la fenêtre. Il faut que mon âme puisse s'envoler, tu comprends ?

Elle ne comprenait pas.

— Ma petite Quinze, quand l'*Ankou* nous emporte, l'âme monte au ciel pour subir le jugement particulier avant de revenir au-dessus du corps jusqu'à l'inhumation. Mais pour cela, il faut qu'elle puisse circuler librement.

— Oui, grand-mère, répondit Quinze d'une voix presque inaudible.

— À présent, réponds-moi. C'est très important. Es-tu certaine que ce matin j'étais habillée de blanc ?

— Oui, grand-mère, entièrement. J'ai trouvé ça bizarre. Vous êtes toujours en noir.

— Dieu soit loué ! dit Renée Plouhincc en levant les yeux au ciel avant de se mettre à genoux, les mains jointes.

Le lendemain, elle rappela les consignes à sa petite-fille. Si la fenêtre restait fermée, son âme tournerait vainement dans la pièce avant de tomber au sol, épuisée.

— Dites, grand-mère, ça ressemble à quoi une âme ?

— Ça dépend : une souris, une mouche, une fourmi. Habituellement, elle sort par la bouche.

— Mais comment vais-je la reconnaître ?

— Ne t'occupe pas de cela. Contente-toi d'ouvrir la fenêtre en grand.

Plusieurs jours passèrent. Quinze commençait à oublier quand, le 6 septembre, à 8 h 55, ses parents vinrent la chercher à l'école.

87

Elle comprit aussitôt. Avant même que sa mère ouvre la bouche, elle lui dit :

— Je sais, grand-mère est morte.

Elle lui donna la main.

— Je veux aller la voir tout de suite, ordonna Quinze.

— C'est hors de question ! répondit Gustave.

— Pourquoi ?

Il eut l'air un peu gêné.

— Elle n'est pas… elle n'est pas prête.

— Bien sûr que si, rétorqua Quinze.

— Non, je te dis que non. Et maintenant tu m'obéis et tu rentres à la maison…

Elle ne se laissa pas impressionner. Elle avait une mission à remplir et avait prévu ce contre-temps : les adultes ne comprenaient rien. Elle fit mine d'obéir et se dirigea vers le bas de la rue, tandis que Valentine et Gustave s'arrêtaient devant le numéro 23. Dès qu'ils eurent pénétré dans l'immeuble, elle revint sur ses pas et franchit à son tour la porte des Guivarch. Personne ne la vit quand elle monta l'escalier menant au premier étage. Elle entendit la voix de sa mère, celle d'un agent de police et celle du curé Rivière. Lorsqu'elle entra dans la pièce, Gustave se précipita vers elle.

— Quinze ! Je t'avais dit de rentrer à la maison.

Elle contourna son père et se posta devant sa grand-mère. Celle-ci était étendue sur son lit. Le Christ et sa lourde croix reposaient sur son buste.

— Qu'est-il arrivé ? demanda Quinze d'un ton si autoritaire que le curé répondit sans réfléchir.

— La croix lui est tombée sur le crâne avant de s'écraser sur son torse.

— Quinze kilos de plomb et de bronze, ça ne pardonne pas, ajouta Gustave.

— Au moins, elle n'a pas souffert, crut bon de souligner l'agent de police. Ce n'était pas une bonne idée de suspendre un objet pareil au-dessus de son lit.

Renée Plouhinec n'avait pas dû souffrir longtemps, à en juger par l'enfoncement de sa boîte crânienne. Toutefois, elle n'était pas morte sur le coup. Ses deux mains agrippaient les branches de la croix.

Quinze jeta un regard circulaire dans la pièce, puis se précipita sur le vase. Elle jeta le bouquet de marguerites qui s'y trouvait, prit le vase et le vida dans l'évier sous les regards étonnés des adultes. Puis elle montra du doigt un papillon blanc qui s'était posé sur le rideau gris de la fenêtre.

— Elle est là, dit-elle.

— Qui ? demanda le curé.

— L'âme de grand-mère.

Quinze ouvrit la fenêtre. Au même instant, le papillon se posa sur son épaule droite. Il attendit quelques secondes et prit son envol.

— Il va revenir, assura Quinze, si on laisse la fenêtre ouverte.

— Qu'est-ce que tu racontes ? fit Gustave d'un ton sec, énervé par l'attitude de sa fille.

— Laissons la fenêtre ouverte, dit Valentine. Je viens de comprendre.

Gustave soupira. Cette histoire de croix qui vous tombe sur la tête, c'était déjà n'importe quoi, alors le papillon ! Tout de même, Dieu avait eu une drôle de façon de la rappeler à lui, en laissant faire le sale boulot par Jésus, comme d'habitude.

La fenêtre resta ouverte deux jours et deux nuits, jusqu'aux funérailles. Tous les habitants de la rue Germain-Pilon assistèrent à la messe. Le curé Rivière était très ému. Le croque-mort ne parvint pas à détacher le Christ du corps de la défunte. Il aurait fallu lui couper les doigts. Du coup, le cercueil pesait le poids d'un cheval mort. Renée Plouhinec fut inhumée au cimetière de Montmartre aux côtés de Louise Weber dite la Goulue, une célèbre danseuse de cancan morte en 1929. Comme le souligna Socrate, ce n'aurait sans doute pas été son premier choix, mais on ne choisit pas ses voisins.

14

Dans le magasin jaune, Gustave n'aurait pas dû réparer la poupée à la bouche de mercure et aux yeux noirs. Elle a désormais une longue cicatrice sur son front blanc de porcelaine, aussi froid que l'argent de ses lèvres – à tel point que Quinze l'appelle Alaska et qu'elle est persuadée que les âmes damnées des Muller sont revenues s'y loger. Alaska glace le sang. Elle fait encore plus peur qu'avant. Gustave l'a posée dans l'atelier, sur un établi mal éclairé : le malheur est tapi dans l'ombre.

Dans le magasin jaune, les étagères s'effondrent, les jouets tombent comme des larmes, le château de cartes ne tiendra plus longtemps.

Dans le magasin jaune, comme dans le cœur des hommes, l'illusion vit ses derniers instants, le réel gagne du terrain et détruit les jeux de construction de l'esprit.

*

Au début de l'hiver 1938, un homme entra dans le magasin jaune. Il n'était jamais venu auparavant. Il faisait partie de ceux dont on devinait au premier coup d'œil qu'ils avaient fait la Grande Guerre. Ce n'était pas une gueule cassée. Il avait ses deux yeux, ses deux bras, ses deux jambes et ne boitait même pas. Son regard, cependant, était ailleurs, absent, comme s'il n'était jamais revenu des champs de bataille. Ses vêtements évoquaient la tenue des Poilus : pantalon trop ample et trop long, manteau gris et sale, chemise élimée au col et grosses chaussures maculées de boue séchée. Ce n'était pas tant la tenue elle-même qui trahissait l'ancien combattant que la façon de la porter. Avec son regard qui scrutait tous les recoins de la pièce, l'homme semblait droit sorti d'une tranchée.

Valentine fut surprise mais nullement intimidée par cette vision insolite. Elle s'approcha de lui et lui demanda si elle pouvait l'aider. Il répondit qu'il s'appelait Alfred et voulait parler à Gustave Pilon. Comme celui-ci s'était absenté, elle l'installa au premier étage, dans le salon, et lui offrit un verre de vin rouge. Puis elle essaya d'en savoir un peu plus.

— Mettez-vous à votre aise, monsieur Alfred. Alors comme ça, vous connaissez mon mari ?

— Non, mais j'ai un message à lui transmettre. J'aurais dû venir plus tôt. Sauf qu'à la fin de la guerre, je suis reparti chez moi, à Brest. Par la suite, je n'ai pas eu le courage de remonter sur Paris.

— Depuis 1918 ?

— Oui. Il y a des choses qu'on préfère oublier.

— Je vois… C'est au sujet de son père, n'est-ce pas ?

— Comme savez-vous ça ?

— Oh, pure intuition féminine. La guerre, votre âge, et pas mal d'autres petites choses.

Quand Gustave revint au magasin, Valentine lui expliqua qu'un homme l'attendait à l'étage pour lui parler de son père. Gustave eut peur, sans savoir pourquoi. Il était de nouveau le petit garçon guettant la lettre du front avec le cœur serré. Et vingt ans après la fin de la guerre, il ressentait l'apparition de cet inconnu comme une menace.

Il s'assit sur une chaise, juste en face d'Alfred qui s'était assoupi. Sa tête penchait vers son épaule droite. Il sursauta dès que Gustave rapprocha sa chaise de la table.

— Ah, vous êtes Gustave ?

— Oui, c'est moi. Et vous, si j'ai bien compris, vous venez au sujet de mon père.

— Oui, si on veut. Disons qu'il m'a demandé, si jamais il ne revenait pas, si jamais il… Enfin vous voyez ce que je veux dire.

— Que vous a-t-il demandé ?

— Ben, il s'est dit que peut-être vous voudriez savoir comment il est mort, les derniers instants, quoi. Il m'a dit : « Alfred, tu lui raconteras quand il sera grand. Parce que là, il est trop petit. Mais quand il sera grand, tu viendras le voir et tu lui diras que je l'aimais plus que tout. Tu lui diras que je m'excuse. Je lui avais promis de revenir et j'ai tout fait pour, mais c'est comme ça. On n'y peut rien. » C'est drôle mais… Enfin non, ce n'est pas drôle, ce n'est pas ce que je voulais dire. Parfois je m'exprime mal. Y a des mots qui sortent, pas ceux que je voudrais. Ce que je voulais dire, c'est que votre père ne m'avait jamais parlé comme ça. Pourtant, je ne l'avais pas quitté depuis l'hiver 1916. Mais là, c'était différent. C'était comme s'il savait qu'il allait mourir.

— Pourquoi ça ?

— On était tous un peu inquiets. On se disait que ça serait vraiment trop bête, après toutes ces batailles, d'y laisser sa peau. Faut dire que des bruits couraient, l'armistice était sur le point d'être signé, alors crever juste avant, vous comprenez… Y rester en 1915, 1916, y avait pas trop de regrets à avoir, ça voulait dire que le gars n'était pas fait pour durer. Y en avait tellement qui crevaient. Le 10 novembre 1918, c'était autre chose. Du coup, on avait plus peur que d'habitude. On voyait le bout du tunnel mais on savait que certains d'entre nous ne l'atteindraient pas. Sauf que pour votre père, c'était une quasi-certitude. De nous deux, il avait été le plus optimiste pendant toutes ces années. Il disait toujours qu'on s'en sortirait. Et là, en apprenant que la guerre était presque finie, mais pas complètement quand même, il est devenu tout blanc. Comme s'il avait vu l'*Ankou* avec sa faux à l'envers.

— L'*Ankou* ?

— La mort, quoi ! C'est comme ça qu'on l'appelle en Bretagne. Et moi, je suis breton. Comme votre dame d'ailleurs, je l'ai remarqué tout de suite. Bref, il était persuadé qu'il allait y passer. Ça n'a pas loupé. Il est mort le 10, juste à côté de moi, d'une balle en pleine poitrine.

Gustave ne voulait pas en entendre plus. À quoi bon ? Il se leva, histoire de signifier à Alfred qu'il était temps de partir.

— Monsieur, je vous suis très reconnaissant d'être venu me raconter tout cela, d'autant que vous avez fait un long voyage.

— Vous ne voulez pas que je vous raconte les détails ?

— Ils m'ont tout expliqué au ministère de la Guerre.

— Au ministère de la Guerre ?

— Oui, j'ai mis du temps à obtenir un rendez-vous mais j'ai finalement été reçu en 1927 par un officier. Il m'a raconté comment ces salauds de Boches nous ont attaqués alors que la paix allait être signée à Rethondes.

— C'est ça qu'ils vous ont dit, au ministère de la Guerre ?

Gustave regarda Alfred sans comprendre. Il attendait la suite. L'homme hésitait. Il se sentait las. À quoi bon remuer tout ça ? Il n'aurait pas dû venir. Mais l'image de son ami lui revint. C'était pour lui qu'il était là, pour remplir sa promesse. Alphonse Pilon y tenait vraiment. Dès l'annonce de l'offensive, il avait compris qu'il allait y rester. Il ne s'était pas résigné pour autant, bien au contraire. Il était furieux contre les généraux et les politiques qui avaient décidé, assis autour d'une table, d'envoyer à la mort quelques Poilus de plus. Sauf que cette fois, l'absurdité surpassait l'horreur et la peur. Il était convaincu qu'il ne reverrait jamais son fils, non à cause des Boches, mais à cause de son propre camp, et que sa mort serait vaine.

— Gustave, j'ai promis à votre père de vous dire la vérité et je vais le faire. Au ministère de la Guerre, ils vous ont menti. Ils n'ont pas décoré votre père parce qu'il est mort en héros, mais pour que vous ne posiez plus de questions. Les Boches ne nous ont pas attaqués. C'est tout le contraire. On a été les premiers surpris quand notre lieutenant nous a annoncé qu'on allait traverser la Meuse. Faut dire que tout le monde parlait de la signature de l'armistice. Pour sûr qu'on était loin d'imaginer qu'on allait nous renvoyer au casse-pipe. Y a quand même eu de la révolte dans l'air, mais comme on avait déjà connu les pelotons d'exécution de 1917, on s'est écrasés.

Gustave était incrédule. Son cerveau enregistrait les mots, les phrases, leur signification générale, mais son sens critique était éteint. Une barrière psychologique infranchissable l'empêchait d'apprécier à leur juste valeur les propos de son interlocuteur. Il se persuada qu'Alfred mentait ou était fou. Il était hors de question de réécrire l'histoire ! Son père avait été décoré à titre posthume pour avoir défendu au prix de sa vie le sol national lors d'une offensive traîtresse des Boches, alors qu'ils faisaient mine de négocier au même moment. Grâce à la résistance héroïque des soldats français, et de son père en particulier, l'offensive avait été repoussée, ruinant les derniers espoirs de l'ennemi qui avait été contraint de signer l'armistice pour de bon. C'était la seule vérité, celle qu'un officier supérieur lui avait exposée au ministère de la Guerre. Et voilà qu'un soûlard, des années plus tard, venait raconter des affabulations, insinuer que son père était mort pour rien et détruire l'image héroïque qu'il s'était faite. Gustave sentit la colère l'envahir. Il se leva d'un coup, se pencha au-dessus de la table et saisit Alfred par le col.

— Salopard de traître, tu vas fermer ta gueule et dégager de là !

D'un geste brusque, Gustave repoussa Alfred, qui tomba à la renverse et heurta le mur. Il le releva à moitié, le traîna sur quelques mètres et l'envoya valser dans les escaliers. Alfred parvint à se saisir de la rampe pour ralentir sa chute. Arrivé au bas des escaliers, il se releva avec difficulté et mit quelques secondes à retrouver l'équilibre. Ses jambes tremblaient. Il regarda Gustave qui le toisait avec mépris, baissa les yeux, sortit du magasin et descendit la rue Germain-Pilon jusqu'au boulevard de Clichy. Il se sentait infiniment triste. Il aurait bien voulu, lui aussi, avoir laissé sa peau de l'autre côté de la Meuse, le 10 novembre 1918.

15

Rue Germain-Pilon, le 15 décembre 1938

Je n'y arriverai pas. Nous n'y arriverons pas. Comme certains jouets dans l'atelier, que Gustave ne peut pas réparer. Comme le manège enchanté brisé en mille morceaux. Quand je l'ai vu jeter ce pauvre homme dans l'escalier, un ami de son père, un compagnon de lutte, j'ai eu peur. Pour la première fois, j'ai eu peur de lui. Notre couple marche sur un fil, prêt à faire le grand saut. Mon mari a une douleur au fond du cœur qui ne demande qu'à sortir. Parfois, j'ai l'impression d'avoir en face de moi un inconnu, presque un ennemi.

Et puis il passe les soirées au bistrot. Dans les vapeurs de l'alcool, sa haine des Allemands devient incontrôlable. Il s'est même battu avec un gros bonhomme qui prétendait que les Allemands étaient le seul rempart contre les Bolcheviques et que la France avait tout intérêt à soutenir le Troisième Reich. Socrate a eu du mal à le raisonner. Il faut que cela cesse. J'ignore comment Quinze se débrouille mais elle arrive à supporter son père. Je suis certaine qu'elle m'en veut de ne plus en être capable. Elle a des gestes tellement tendres envers lui. C'est la seule qui parvient à l'apaiser. Avant, j'y parvenais aussi. Plus maintenant.

16

Dans le magasin jaune, les trains n'amènent nulle part parce qu'ils tournent en rond.

Dans le magasin jaune, les trains font rêver tout de même. Ils sont si ressemblants que, si l'on devenait minuscules, l'on pourrait monter dedans et voyager pour de vrai.

Dans le magasin jaune, les jouets ne sont pas un simulacre de la réalité mais la réalité elle-même en miniature. Si l'on pouvait voler, les vrais trains vus du ciel seraient identiques à ceux du magasin jaune, tout aussi petits. Et, vus du ciel, les soldats qui partent à la guerre seraient identiques aux soldats de plombs exposés en vitrine ou sur les étagères. Sauf que les soldats du magasin jaune sont immortels.

*

Gustave n'était pas retourné à la gare de l'Est depuis novembre 1918. Une nouvelle aile avait été construite et un imposant tableau, *Le Départ des Poilus*, surplombait désormais le hall des départs. Il resta un long moment les yeux rivés sur le tableau. À ses côtés, Socrate en faisait autant mais cette scène de départ n'avait pas la même signification pour lui. Il était étranger au tableau et le serait toujours, n'ayant perdu aucun proche dans le précédent conflit. Son ordre de mobilisation était bien plus léger dans la poche de sa vareuse que celui de son ami. Pour Gustave, ce n'était pas un départ pour la guerre mais un retour. Il marchait dans l'ombre de son père. À cet instant précis, pensait-il à la mort ? Socrate se disait que oui, probablement. À sa place en tout cas, il y penserait, comme une suite logique. Même gare, même ennemi, même destin.

Mais Gustave ne pensait pas à la mort. Il regardait le tableau et ne comprenait pas cette scène d'au revoir devant un train trop coloré, sur le quai d'une gare trop agitée qui ressemblait à une place principale le jour du marché. Il faisait très chaud ce jour-là et son père avait tombé la veste, comme sur le tableau, mais pour le reste, rien n'était conforme à ses souvenirs. Dans la réalité, les hommes n'étaient pas en uniforme, ils étaient en civil. Leur uniforme leur serait donné à l'arrivée, dans leur régiment d'affectation. Et puis, aucun civil n'était autorisé sur le quai. Ce tableau était un mensonge. Un mensonge... Il songea à

Alfred et cela le mit mal à l'aise. Il y avait donc place pour le mensonge. Celui-ci pouvait même être exposé dans le hall des départs de la gare de l'Est afin que tout le monde y croie et qu'il se substitue à la vérité. Mais Gustave chassa cette pensée. Il n'était pas encore prêt à accepter. Le doute venait seulement de naître, aussi petit qu'un embryon.

Gustave avait refusé que Valentine et Quinze l'accompagnent à la gare. Il était préférable de se quitter dans la lumière du magasin jaune. Il avait serré sa fille dans ses bras et l'avait couverte de baisers. Avec Valentine, il n'avait pas pu. Un geste tendre aurait suffi, mais il n'avait pas pu et elle n'avait pas osé. Quand il s'était éloigné, Quinze était restée droite et digne devant la devanture du magasin jaune, comme une jeune fille épousant résolument une posture, tandis que Valentine s'était assise devant la porte, la tête baissée.

Socrate avait lui aussi refusé que sa femme l'accompagne, faisant taire ses protestations par une des sentences irrévocables dont il avait le secret : « Un adieu qui dure ne prolonge pas la présence mais prolonge le départ. »

Gustave regarda autour de lui. Les gens étaient tendus et tristes. En 1914, l'atmosphère était moins lourde. Personne ne pouvait imaginer. Maintenant, tous savaient ce qu'était la guerre et avançaient lentement, comme des animaux vers l'abattoir.

Pour les deux amis, l'abattoir était à Sedan. Gustave était déçu. Il aurait voulu être affecté sur

la ligne Maginot, dans une de ces forteresses sou-
terraines imprenables. Louis Montreuil, le boucher
de la rue Germain-Pilon, avait fait son service militaire, trois ans auparavant, dans un fort aussi imposant qu'un cuirassé. Il leur avait décrit avec lyrisme
et moult détails, lors d'une soirée arrosée au Coup
du rouquin, le symbole de l'invulnérabilité de la
France :

— Pour sûr que si les Boches veulent remettre
ça, ils ne passeront pas. Faut le voir pour le
croire. Les trois quarts du fort sont enterrés. Là-
dedans y a des kilomètres de galerie, des monte-
charges pour les obus, des escaliers mécaniques,
une centrale électrique avec des batteries de
ventilation, un réservoir d'eau dans lequel on
pourrait mettre un cachalot, un magasin d'approvisionnement cent fois plus grand que l'épicerie d'Eugène, une salle de repos et un hôpital
propres comme des sous neufs. Et puis, au-
dehors, cinq postes de mitrailleuses, les unes au-
dessous des autres, avec des pièces anti-chars et
des canons de 75 !

Gustave avait écouté Louis religieusement. Il
avait senti le goût du sang et l'ivresse du désir de
vengeance. Mais pour lui, en ce jour de mobilisation générale, c'était destination Sedan, à dix
kilomètres de Vrignes où son père avait été tué.
Sedan, où les Prussiens de Guillaume Ier avaient
écrasé Napoléon III en 1870. Gustave eut soudain une vision absurde. Il s'imagina Valentine
et Quinze, à la lueur timide de trois cierges,

penchées sur un guéridon. Il éclata de rire. C'était la seule chose à faire. Socrate fut surpris, puis se mit également à rire à gorge déployée sans savoir pourquoi. Dans le hall de la gare, tous les visages se tournèrent vers eux, mi-intrigués mi-irrités. Gustave posa sa main droite sur l'épaule puissante de son ami. Heureusement qu'il était à ses côtés, avec sa force physique et spirituelle. Socrate le dévisagea, comme s'il avait deviné ses pensées :

— Tu sais, pour moi aussi, ça va être difficile.

— Léontine et Marguerite ?

— Bien sûr, mais aussi la bibine. Je crains que nous ayons du mal à trouver un coup à boire. C'est que j'ai mes habitudes.

Les habitudes de Socrate ne se mesuraient pas en verres mais en litres et Gustave comprit qu'il ne s'agissait pas d'une boutade. Le patron du Coup du rouquin avait peur de mourir de soif. Sa guerre commençait par une cruelle abstinence, la perspective d'un monde où Bacchus se ferait rare. De quoi perdre sa philosophie.

Arrivés à Sedan, Gustave et Socrate eurent du mal à trouver leur compagnie d'affectation. L'effervescence était à son comble. Tous les dix mètres, un sous-officier hurlait des noms que personne n'entendait. Quand un semblant de discipline et de silence régna enfin sur la place de la gare, les deux amis découvrirent avec joie qu'ils étaient affectés dans la même casemate. Leur uniforme et leur paquetage leur furent distribués dans les locaux de la mairie. Un adjudant au regard menaçant leur donna dix minutes pour s'équiper et déposer leurs effets civils dans la caisse en carton qui leur était attribuée.

Socrate dut plaider sa cause à deux reprises auprès du magasinier débordé. Sa carrure et sa taille gargantuesques avaient été gravement sous-estimées. Son pantalon golf s'était déchiré d'un coup sec à la première tentative, à la fois à l'entrejambe et au-dessus des fesses, tandis que le second, s'il avait résisté, lui arrivait aux mollets. Il n'avait même pas tenté d'enfiler sa capote à boutons cuivrés. Quand finalement on trouva une tenue d'Hercule susceptible de lui convenir, tous les membres de sa compagnie étaient en tenue de combat depuis dix bonnes minutes. Et tous l'avaient déjà en sympathie parce qu'il les avait fait bien rire. Gustave, pour sa part, n'avait pas eu de mal à trouver brodequins à ses pieds, et la couleur kaki de son casque Adrian lui rappelait celle du magasin jaune avant qu'il ne soit jaune. Dès que Socrate eut enfin mis sa ceinture de flanelle et noué une cravate qui lui arrivait au nombril, l'adjudant hurla qu'il n'avait jamais vu des culs-terreux pareils et que ce n'était pas ainsi que la France gagnerait la guerre. Malgré les menaces du sous-officier, l'humeur était joyeuse. Devant la mairie, le capitaine Édouard-Brice de Lormes passa ses troupes en revue. Le discours de bienvenue fut bref mais chaleureux. Le jeune capitaine semblait posé et responsable :

— Soldats, j'attends de vous de la discipline, du courage et surtout de la solidarité. La vie de chacun de vous est aussi précieuse que ma propre vie. Et chacun de nous ne doit avoir pour but que la défense de la patrie. Si un soldat tombe, deux soldats doivent le relever. Je sais ce qui se dit. Nous sommes au-delà de la ligne Maginot et l'Allemand ne s'aventurera pas dans la forêt des Ardennes. Peut-être, mais vous devez vous comporter comme si l'ennemi pouvait surgir à tout instant, comme si vous vous trouviez dans une tranchée à Verdun. Et si l'ennemi surgit, pensez à vos pères qui ont combattu pour la France.

La compagnie du capitaine Édouard-Brice de Lormes était cantonnée sur la ligne de front, à cinq kilomètres à l'est de Sedan. Les seules habitations se résumaient aux fortifications dans lesquelles Gustave et Socrate allaient devoir vivre et combattre. C'était une ligne Maginot au rabais, faisant face à une forêt dense et inquiétante. Toutes les casemates comportaient une salle de repos, une armurerie et une cantine. Seule une tourelle en béton armé et en forme de cloche de quinze mètres carrés sortait de terre. Il y en avait une trentaine à cinq cents mètres les unes des autres. Chaque cloche était équipée d'une mitrailleuse Reibel MAC 31F de calibre 7,5 mm avec un chargeur tambour de cent cartouches sur le côté gauche. Une casemate accueillait quatre soldats et un sous-officier. Les soldats devaient se relayer deux par deux toutes les deux heures dans la cloche. Le sous-officier assurait le commandement et la liaison avec l'échelon supérieur. Le capitaine Édouard-Brice de Lormes tenait à ce qu'une bonne ambiance règne dans sa compagnie et avait laissé les soldats choisir leur binôme. Gustave et Socrate assuraient donc les tours de garde ensemble, se reposaient ensemble et bénéficiaient de la même permission, une journée par semaine, pour se rendre à Sedan. Il ne leur était pas permis de s'aventurer plus loin car ils devaient pouvoir rejoindre leur poste à tout instant.

Ils eurent vite fait de découvrir tous les recoins de la ville. Ils connaissaient la moindre ruelle et le moindre bistrot quand l'hiver arriva. Et il arriva d'un coup, le 21 décembre 1939, avec un manteau de neige compact et des températures polaires. Par l'ouverture du poste de tir, le vent glacial pénétrait et déposait du givre sur les sourcils et les lèvres des soldats. Pendant deux heures, les deux hommes de garde avaient les yeux rivés sur une forêt toute blanche qui projetait une lumière aveuglante. La nuit, la forêt devenait une masse noire, même lorsque la lune était pleine. La lumière ne la traversait pas, elle l'entourait d'un halo inquiétant.

Chacun s'accordait à dire que les Allemands ne se risqueraient pas à lancer une offensive au cœur des Ardennes, faute de pouvoir y faire passer leurs blindés. Pourtant, il fallait rester au poste, malgré les engelures et le temps qui s'écoulait au rythme d'un sablier bouché. « Si ton ennemi te tourne le dos, n'en profite pas pour fuir », disait Socrate. Et l'ennemi tournait résolument le dos. Socrate affirmait encore que, pour atteindre la sagesse, il fallait renoncer à l'impatience, alors Gustave se faisait une raison. Il attendait la fin de son tour de garde. Il savait que son calvaire s'achevait toutes les deux heures et qu'au froid insoutenable succédait la chaleur de la salle de repos. Il guettait ce moment précieux où il pourrait enfin retourner en pensée dans le magasin jaune.

À deux mètres sous terre, dans cet espace confiné et sans ouverture que la chaleur des corps suffisait à réchauffer, des feuilles et une plume l'attendaient. Après s'être réchauffé, quand ses doigts gelés lui répondaient enfin, il se mettait à écrire. C'était son réconfort, sa planche de salut. Il aurait voulu ouvrir son cœur, décrire l'attente insupportable et la déprime qui rongeaient peu à peu les soldats, mais il savait que le service de censure épluchait le courrier, que des planqués bien au chaud mettaient au panier les lettres susceptibles de nuire au moral de la population. Alors il se retenait et parlait peu de cette drôle de guerre sans combats.

*

Ma très chère Valentine,

Je pense constamment à vous et à notre princesse du magasin jaune. Il fait si froid que, même avec nos mitaines, il ne faut pas toucher le métal de la mitrailleuse ou du tambour à cartouches. Je crains que vous ayez toutes deux aussi froid. Surtout, n'hésitez pas à utiliser notre charbon. Nous en avons assez pour passer un hiver, aussi rigoureux soit-il. Je vous connais trop bien et j'ai peur que vous ne vouliez être économe. Si vous ne le faites pas pour vous, faites-le pour notre fille. Ici, rassurez-vous, il n'y a pas de charbon mais il y a du bois, une forêt entière. C'est même l'une de nos rares distractions, couper du bois. Socrate, cela ne vous étonnera guère, est un bûcheron hors pair. D'un coup de hache, il est capable de fendre une bûche de cinquante centimètres de large. L'adjudant Payon a dit que s'il pouvait faire pareil avec la tête d'un Boche, nous gagnerions la guerre. Notre princesse serait fascinée par cette forêt sombre et dense. Elle nous inventerait des histoires qui font peur à tout le monde, sauf à elle.

Savez-vous que mon plus grand bonheur est de vous écrire, moi qui n'écrivais jamais, à part sur le livre de comptes ? Du reste, comment vont les affaires ? Mal, j'imagine. Avez-vous reçu la livraison du Jura que mon cousin avait promise avant mon départ ? Si ce n'est pas le cas, ce n'est pas si grave. Notre stock est bien suffisant. Vos lettres m'arrivent avec beaucoup de retard et je ne connais même pas les chiffres de Noël. J'espère qu'avec Quinze vous nous avez fait une belle vitrine. C'est très important, surtout dans ces moments difficiles où les gens ont besoin de couleurs et de légèreté. Les sourires des enfants font oublier bien des malheurs. Les jouets me manquent, bien moins que vous et notre princesse, bien sûr, mais tout de même. C'est un peu comme s'ils faisaient partie de notre famille.

Figurez-vous que je fais des rêves étranges dans lesquels il y a toutes sortes de jouets. Le plus drôle, c'est qu'il s'agit de très vieux jouets que nous ne vendons plus, sans doute des souvenirs d'enfance qui refont surface. Par exemple, j'ai rêvé d'une poupée boule bavaroise en terre cuite avec un manteau rouge et bleu. C'est absurde, je sais, et la Bavière n'a vraiment rien qui puisse me faire rêver, à moins que nous ne l'envahissions. Et puis, il y a toutes ces maisons de poupées, ces meubles en bois miniatures et ces petits personnages avec de jolies robes en velours ou en satin. J'ai aussi rêvé d'un hippocycle, une invention de mon père. C'était un vélo avec une tête, un corps et une queue de cheval en cuir et en crin véritables, et deux roues pleines en bois. Mais il fallait pousser avec les pieds. En me réveillant, je me suis dit que nous pourrions adapter cette idée sur un véritable vélo. Imaginez-vous sur un vélo-cheval dans les rues de Paris ! Évidemment, il ne serait pas possible de monter en amazone. Il faut bien pédaler. La plupart du temps, cependant, je rêve de chevaux à bascule. D'après Socrate, c'est le signe de mon impatience. Je voudrais avancer mais je fais du surplace. Vous n'allez pas apprécier, je m'en doute, mais il me tarde de combattre.

À propos de Socrate, il vous passe le bonjour à vous et à Quinze. Il vous demande surtout de l'excuser auprès de sa femme et de sa fille. Il a essayé mais n'arrive pas à écrire plus de trois lignes. Pour un philosophe, je trouve cela curieux. Ses doigts sont beaucoup moins agiles que sa langue. C'est un peu comme si son esprit se perdait le long de sa plume, incapable de trouver son chemin vers le vélin. Il m'a expliqué doctement que la rhétorique était un art de la parole et que le philosophe qui écrivait figeait la pensée, ce qui est contraire à la dynamique perpétuelle de la philosophie. La bonne nouvelle, c'est que notre ami a surmonté ses crises. Les deux premiers mois, le manque d'alcool le rendait fou. Heureusement, tout le monde l'a soutenu, même l'adjudant. Il faut dire que personne n'ose se frotter à un colosse de deux mètres en pleine crise. Désormais, l'ambiance est plutôt bonne. Je m'entends mieux avec l'autre binôme, Jean-Charles et Théodore. Au début, je ne supportais pas leurs jérémiades. Et puis ils s'y sont faits. Ce sont deux étudiants qui ne connaissent rien de la vie. Ils sont nés avec une cuillère en argent dans la bouche. À propos, avez-vous des nouvelles du boucher et du boulanger qui sont sur la ligne Maginot ? Logiquement, ils verront les Allemands en premier, les veinards. Ici, nous faisons figure de planqués. Nous avons plus de chances de croiser un loup qu'un Allemand.

Maintenant, il faut que je vous dise quelque chose d'important. Socrate a été très inspiré ce matin. Selon lui, la forêt des Ardennes est magique. Elle transforme la haine en amour. Grâce à la guerre, on découvre l'amour, ce qui est un paradoxe absolu de son point de vue. Et le fait est que je découvre chaque jour à quel point je vous aime. Je ne comprends pas comment nous avons pu nous éloigner l'un de l'autre au point de devenir presque des étrangers. Ou plutôt, je le sais. C'est de ma faute. Je n'ai rien fait pour garder votre amour.

Embrassez très fort pour moi notre petite Quinze, notre soleil à tous les deux, comme je vous embrasse aussi, avec amour et tendresse.

Bonne et heureuse année,

Votre Gustave.

*

Mon très cher Gustave,

Votre lettre m'a fait revivre. Elle est arrivée juste à temps, alors que la tristesse s'installait dans mon cœur. Vous me manquez tellement et le magasin jaune semble plus pâle sans vous. Vous manquez aussi à notre Quinze mais elle s'est fait une nouvelle amie, Léa Berstein. Elles s'entendent à merveille. Il faut les voir rire ensemble. Cela fait chaud au cœur. Ainsi notre fille ne pense pas constamment à vous, ce qui n'est pas plus mal. Je n'ai pas cette chance. Chaque matin, je me réveille en me demandant si la guerre a vraiment commencé. Je m'inquiète à votre sujet. Par contre je vous interdis de vous faire du souci pour nous. Il est vrai qu'il a fait très froid fin décembre et, je l'avoue, je n'ai pas voulu utiliser notre réserve de charbon. La guerre pourrait être longue. Il n'y a qu'à se rappeler la dernière. Maintenant, ça va beaucoup mieux. Les températures sont remontées. Vous auriez été étonné de voir les Champs-Élysées recouverts de neige. C'était splendide. Quant à la rue Germain-Pilon, je vous laisse imaginer : elle s'est transformée en piste de luge. Quinze et Léa ont passé des heures à la descendre à toute vitesse sur la seule luge du magasin. C'est dommage que nous n'en ayons pas eu à vendre.

Rassurez-vous toutefois, les affaires ne sont pas trop mauvaises, étant donné les circonstances. Et puis, quand il faisait vraiment froid, Quinze a eu une idée lumineuse. À votre avis, comment faisions-nous pour nous réchauffer la nuit ? Alors, vous ne devinez pas ? Bien entendu, Quinze dormait avec moi dans notre lit. Cela, vous l'avez certainement deviné. Notre princesse est d'ailleurs une incroyable petite bouillotte. Moins que vous, mais tout de même. Mais ce n'est pas cela. À la vérité,

113

nous n'étions pas seuls. Chaque soir, nous montions toutes les peluches du magasin et les installions dans le lit. Si vous fermez les yeux, je suis certain que vous pourrez imaginer vos deux petites femmes serrées l'une contre l'autre et ensevelies sous les peluches. Cela faisait beaucoup rire Quinze et nous n'avions pas froid du tout. Le matin, je vous rassure, nous les redescendions dans le magasin. Heureusement ou malheureusement, nous n'avons jamais autant vendu de peluches pour les fêtes. J'ai bien peur que d'autres enfants aient eu la même idée que Quinze, si bien qu'il ne nous reste plus grand-chose de poilu et de chaud à mettre dans le lit. Pourvu que le grand froid ne revienne pas. Cela dit, c'est en partie ma faute. J'ai voulu faire une vitrine de Noël avec beaucoup de peluches pour donner une impression de chaleur et de réconfort. À propos, j'ai bien reçu la livraison du Jura, mais les quantités n'y étaient pas. Il y avait une lettre d'excuses de votre cousin. La moitié des artisans sont sur le front et la production ne peut pas suivre. D'ailleurs, j'ai vu dans le journal que le gouvernement allait démobiliser des soldats pour qu'ils retournent dans les usines. Avec cette guerre qui ne veut pas commencer, il est préférable que la production reprenne plutôt que de laisser des bras inutiles sur le front. Hélas, cela ne concerne pas les commerçants.

À présent, je dois vous dire que j'ai pris une grande décision. J'ai utilisé l'argent que ma mère m'a laissé pour préparer l'avenir. Même si les prix ont beaucoup augmenté, j'ai acheté du charbon et du bois, un poêle neuf et une quinzaine de bicyclettes. J'ai d'ailleurs dû en stocker une partie dans le salon, faute de place. J'ai aussi acheté de la viande séchée, des conserves et du vin. Et puis j'ai commandé des peluches, mais je ne sais pas trop si nous serons livrés. Vous ne serez peut-être pas très content de mes initiatives. J'ai pensé qu'il fallait faire vite. J'espère que vous comprendrez et que vous serez fier de votre petite femme. Quant au boucher et au boulanger, ils se portent bien et ils attendent comme vous, comme nous tous.

Je vous embrasse de tout mon cœur. Nous avions oublié tous les deux que nous nous aimions. Il faudra qu'on se le rappelle plus souvent, à l'avenir.

P.-S. : Je sais que Quinze va vous écrire et je crois bien qu'elle est fâchée contre vous.

Très bonne année, mon amour,

Votre Valentine.

*

Le magasin jaune, le 17 janvier 1940

Mon papa d'amour,

Vous me manquez terriblement mais je ne devrais pas vous le dire tellement je suis en colère contre vous. Vous êtes parti il y a quatre mois et demi et vous ne m'avez pas écrit une seule petite lettre alors que maman en a déjà reçu six. Si vous trouvez cela juste ! Et si vous pensez que les quelques mots à la fin des lettres pour maman, « Embrassez Quinze pour moi », me suffisent ! Eh bien non, ça ne suffit pas du tout. Je veux une lettre pour moi toute seule. De plus, vous n'avez aucune excuse parce que vous ne vous battez même pas. Donc vous avez du temps pour écrire à votre seule et unique fille. Bon, admettons que je vous pardonne pour cette fois. En plus, il le faut bien car j'ai des milliers de choses à vous raconter. Je suis certaine que maman ne vous a pas tout dit.

Pour commencer, je me suis fait la meilleure amie de toutes les meilleures amies que j'aie jamais eues. Il s'agit de Léa Berstein. Avant, nous n'étions pas dans la même classe parce qu'elle a un an de plus que moi. Mais les classes ont été regroupées depuis que des maîtres sont partis à la guerre. Cela dit, ce n'est pas en classe que nous sommes devenues amies mais dans le métro, lors d'un exercice de défense passive. Trois fois par semaine, une sirène retentit et nous devons suivre M. Roland pour nous engouffrer dans la station des Abbesses. Et là, nous attendons que le bombardement qui n'existe même pas se termine. C'est long, très long. Vous ne pouvez pas savoir. Il y a quelque temps, alors qu'il faisait drôlement froid, je suis sortie de l'école un peu trop vite. Il faut dire que M. Roland nous chronomètre et que si nous ne sommes pas assez rapides, nous sommes punis. Attention, ce n'est pas n'importe quelle punition ! M. Roland donne aux traînards des pages entières du *Petit Guide de défense passive* à recopier. C'est d'un ennui mortel. Donc, je suis sortie un peu trop vite et j'ai oublié mon manteau. Dans la station de métro, j'ai cru mourir de froid en attendant la fin de l'alerte. Personne n'en avait rien à faire. Et voilà que Léa a enlevé son manteau fourré fabriqué par son père pour m'emmitoufler dedans. Au début, je n'ai pas voulu car elle n'avait pas grand-chose d'autre sur elle, mais elle a insisté. Elle m'a dit que c'était un manteau de princesse, donc un manteau pour moi, et que de toute façon elle n'avait jamais froid. Après, on nous a fait essayer des masques à gaz. Et alors là, qu'est-ce qu'on a rigolé ! Léa a demandé à M. Roland si, avec son nez de juive, le masque pourrait lui aller. J'ai cru, comme tout le monde, que M. Roland allait la punir, mais pas du tout ! Il l'a regardée avec tendresse. Il faut dire que Léa n'a pas du tout un nez de juive. Au contraire son nez est tout droit. On dirait celui de Pinocchio. En plus, elle est blonde. Et puis, elle s'appelle Léa. Moi je ne trouve pas que ce soit un prénom de juive mais elle m'a dit que si. Léa, ça veut dire en hébreu « la lionne de la sagesse ».

Bon, je vous ai assez parlé de Léa. Parlons un peu de maman. Au début, elle était très contrariée par cette histoire de masque à gaz parce que même les grandes personnes doivent le porter en cas d'alerte. Sauf que maman n'aime pas ça du tout, vu que ça décoiffe. En fait, elle n'aimait pas jusqu'à ce que le fabricant Lanvin mette en vente des beaux petits sacs à masque à gaz. J'ai vu le regard de maman devant la vitrine de Lanvin ; on aurait cru qu'elle contemplait une boîte de chocolats. Finalement, j'ai pu la convaincre de se l'acheter pour les étrennes mais elle m'a fait promettre de ne pas vous le dire. Moi, j'ai trop envie de vous le dire : c'est un sac à main adorable dans lequel on peut mettre son masque à gaz. Sauf que personne ne sait que vous avez un masque à gaz à l'intérieur, parce qu'on dirait un sac à main de femme distinguée, avec tout ce que des femmes distinguées mettent dans leur sac à main habituellement. Tout cela pour vous dire, mon papa d'amour, que lorsque vous rentrerez de la guerre, j'aimerais bien un sac tout pareil. Après tout, vous n'avez rien pu m'offrir pour les fêtes. Mais je veux être honnête avec vous, si maman a refusé de m'acheter un sac Lanvin, elle m'a tout de même offert un manteau fourré aussi beau que celui de Léa.

Voilà, mon papa d'amour. Maintenant, il faut que je vous laisse parce que j'ai des devoirs à finir. Je vous aime très très très fort, au moins aussi fort que maman vous aime.

P.-S. : En fait, je viens de réaliser que lorsque vous rentrerez de la guerre, plus personne n'aura besoin d'un sac à main pour masque à gaz, puisque la guerre sera finie. Mais ce n'est pas grave, vous n'aurez qu'à m'offrir un sac à main normal, qui sera même plus joli que celui de maman.

Quinze

17

Dans le magasin jaune, les guerres ne sont pas absurdes, car les enfants n'aiment pas l'absurdité. Ils la redoutent. Tout doit avoir une explication, même irrationnelle. L'imagination des enfants se nourrit de la réalité, à condition que celle-ci ait un sens. Le jeu n'est pas une perte de repère. Il est une recherche de signification.

Dans le magasin jaune, les jeux de société obéissent à des règles strictes que chacun doit respecter. Ce qui n'est pas possible n'est pas possible, un point c'est tout.

*

Alfred n'avait pas menti. Désormais, Gustave en était certain. Cette attente était si absurde qu'elle rendait probable l'absurdité de l'offensive de Vrigne. Pourquoi n'avait-il rien voulu entendre ?

Il s'en voulait terriblement. Il avait levé la main sur le compagnon des derniers instants de son père. Comment avait-il pu ? Au fond de lui, il connaissait la réponse. Il était quelqu'un d'autre, un homme avec le cœur empli de crainte, de violence et de haine, perdu et malheureux, qui passait ses soirées au Coup du rouquin et réservait ses caresses à Manon, au lieu de s'occuper de sa femme. En fait, la guerre l'avait sauvé et avait sauvé son couple. Elle lui avait offert l'opportunité de se retrouver seul face à lui-même. Les yeux rivés sur la forêt, il réfléchissait. Il n'avait que ça à faire, ou presque. La vie au ralenti lui redonnait goût à la vie. Il était enfin obligé de savourer l'instant. Là résidait le secret du bonheur : faire un pas après l'autre. Selon Socrate, le bonheur ne se trouvait pas dans la recherche du bonheur mais, au contraire, dans l'abandon de cette quête. Après la guerre, il lui faudrait réparer tout le mal qu'il avait fait. Il retrouverait Alfred, s'excuserait et lui demanderait de lui parler de son père, de chaque moment passé à ses côtés. Que faisait-il de ses journées ? Avait-il peur ? Parfois ou tout le temps ? Et puis surtout, Gustave prendrait soin de Valentine, de Quinze et du magasin jaune. Il ne laisserait plus la part sombre de son esprit prendre le dessus.

Gustave ne pensait pas seulement pour faire le point sur sa vie. Il pensait aussi pour tromper l'ennui, car le temps passait si lentement. Par chance, toutes les heures et pendant quinze minutes, dans la tourelle, le binôme qu'il formait avec Socrate s'entraînait à recharger la mitrailleuse tandis que l'adjudant Payon chronométrait. Déverrouiller le tambour, l'enlever sans se brûler, le poser sans le jeter, prendre un nouveau tambour, l'enclencher bien droit et le verrouiller. Ne jamais chambrer la première cartouche avant verrouillage. Et tout cela en quatre secondes ! À raison de trente jours par mois, moins quatre jours de permission, et de douze heures par jour pour chaque binôme, Socrate et Gustave, à la fin du mois d'avril 1940, avaient répété cet exercice près de deux mille cinq cents fois. Mais seulement dix fois en tirant pour de bon ! Et ce n'était pas pareil. Quand Gustave vidait un chargeur, Socrate devait écouter pour anticiper la fin du tambour. Surtout, il devait pour de bon le sortir du pignon, alors qu'il était chaud comme de la braise. Fixer le nouveau tambour lourd de cartouches était tout aussi difficile et, quand il était solidement verrouillé, il fallait crier : « Prêt ! » Le tireur n'était pas censé regarder son binôme. Il devait garder les yeux fixés sur l'ennemi, observer sa progression et ses tentatives de dissimulation pour pouvoir diriger efficacement son prochain tir. Regarder son binôme, c'était perdre de vue l'adversaire.

Le début du printemps n'amena que des hirondelles. Les Allemands ne se décidaient toujours pas à attaquer et l'attente durait depuis huit mois. Pendant ce temps, la population avait obéi aux réquisitions, fait des sacrifices pour nourrir une armée qui ne faisait rien. Au début de l'année 1940, bon nombre d'ouvriers avaient été renvoyés dans les usines pour produire de quoi se battre et, au début du printemps, les ouvriers agricoles avaient été à leur tour démobilisés pour assurer les récoltes. Malgré cela, la charge d'entretien de l'armée était devenue insupportable. Et puis, si les Allemands n'attaquaient pas, pourquoi ne prenait-on pas les devants ? Les autorités françaises n'avaient eu de cesse d'affirmer que la ligne Siegfried allemande n'était qu'un pâle ersatz de la ligne Maginot ! L'état-major avait hésité et ordonné quelques petites offensives, mais la doctrine officielle restait immuable : la France était à l'abri derrière la ligne Maginot. Il y avait une certaine logique dans cette position inflexible. À quoi aurait servi de construire des fortifications imprenables si on les abandonnait pour lancer une offensive ? La meilleure défense était la défense.

Au fil du temps, cependant, Gustave, comme les autres soldats, se sentait de plus en plus étranger à sa propre vie. Elle se détachait de lui, s'éloignait et devenait un souvenir flou. Les lettres qu'il recevait étaient pleines d'anecdotes, de bruits et de couleurs. Sous la plume de Valentine, le magasin jaune resplendissait. Blanche Neige avait fait son apparition dans la vitrine avec ses sept nains, une poupée Boucicaut en robe de taffetas tricotait pour les soldats, tandis que Mme Berstein avait accouché du petit dernier. Quinze, pour sa part, faisait renaître le préau et la salle de classe. Elle racontait ses mille et une aventures avec Léa. Léa qui avait fait ci, Léa qui avait dit ça. Gustave souriait, mais il souriait comme on le fait au cinéma. Pour lui, les images qui émanaient de ces lettres étaient irréelles. Elles sortaient d'un film d'aventure, une fiction en technicolor trichrome dans laquelle il se passait toujours quelque chose, alors que dans le poste de tir et dans la salle de garde, il ne se passait rien.

Aussi eut-il du mal à réaliser que l'ennemi était enfin devant lui, au cœur du mois de mai. Il l'entendit, comme Socrate, avant de le voir. Il y eut un bourdonnement lointain accompagné d'un frisson sur la cime des arbres. Puis le bourdonnement se transforma en vrombissement et la canopée se mit à trembler de toutes ses feuilles. Des animaux affolés, cerfs, chevreuils, lapins et même sangliers, sortirent de la forêt comme si un incendie la dévorait.

L'adjudant Payon se précipita dans le poste de tir. Au même instant, entre les arbres épais, apparurent à cinq cents mètres environ les premiers chars. Socrate et Gustave ne distinguaient pas grand-chose à l'œil nu, mais l'adjudant, les mains crispées sur ses jumelles, parcourait l'horizon de gauche à droite et de droite à gauche.

— C'est quoi ce bordel ? Des T-38 et des Mark II, passe encore, mais y a même des Panzer Mark IV ! Ils n'étaient pas censés pouvoir franchir les Ardennes !

Il se précipita sur le téléphone du poste de tir et tourna nerveusement la manivelle.

— Allô, allô, ici l'adjudant Payon, passez-moi le capitaine ! Ah, c'est vous mon capitaine. Mes respects, mon capitaine. Oui, c'est ça, des tanks allemands, même des blindés lourds, droit sur nous ! Il y en a de plus en plus…

Des explosions retentirent. La première ligne de chars allemands, des T-38 très légers, s'avançait à la vitesse d'un cheval au galop. Les tourelles bougeaient sans cesse, cherchant la prochaine cible. Gustave ouvrit le tir. Il cracha les cent cartouches du premier tambour sans s'arrêter. La mitraillette fumait. Il déchargea le deuxième tambour sur un T-38 qui n'était plus qu'à cent mètres.

— Mon adjudant, ça rebondit ! Les balles rebondissent ! Ça sert à rien. Faut des canons antichars !

— On n'en a pas ! Continuez à tirer !

La tourelle du T-38 pivota de trente degrés. Le canon était pointé droit sur l'ouverture de la coupole.

— Attention ! hurla Gustave.

Il y eut une grande explosion à gauche de l'ouverture. L'obus ne pénétra pas entièrement dans le poste de tir mais des éclats multiples, entourés d'une poussière dense, y furent projetés avec un bruit assourdissant. Pendant trois bonnes secondes, Gustave n'entendit et ne vit plus rien. Puis il entendit Socrate crier quelque chose qu'il ne comprit pas. Et il vit. L'adjudant était debout, appuyé sur le mur, près du téléphone. Il n'avait plus de tête. Elle avait été projetée dans la caisse des tambours. Socrate s'approcha de son ami, le prit dans ses bras et sortit de la casemate, suivi de Jean-Charles et Théodore. Il déposa Gustave sur le sol puis le hissa sur son dos. Dehors, c'était la panique. Des sous-officiers hurlaient aux soldats de se diriger vers les camions. Socrate en aperçut un à quatre cents mètres, au bord de la route. Il se mit à courir dans sa direction avec Gustave sur le dos. Jean-Charles et Théodore le dépassèrent. Ils prirent trente mètres puis cinquante mètres d'avance. Socrate entendit alors derrière lui un bruit inconnu, un sifflement strident qui s'intensifiait. Un Stuka passait au-dessus de leurs têtes. Il plongeait comme un aigle sur sa proie. Sous le crépitement des balles, des petites gerbes de terre se soulevèrent et formèrent deux lignes parallèles. Socrate vit les gerbes rejoindre Jean-Charles et Théodore à la vitesse d'une traînée de poudre enflammée. Ils s'écroulèrent. Le Stuka bifurqua sur la gauche pour arroser un groupe de soldats qui courait le long de la route. Socrate arriva au camion. Deux hommes l'aidèrent à y allonger Gustave.

— Maintenant on y va ! hurla un sergent-chef.

Le camion démarra et se fraya un passage entre les corps et les débris de véhicules. Le Stuka s'était éloigné, mais on en entendait d'autres siffler à un kilomètre plus au nord, entre les explosions d'obus.

— On va à Sedan ? demanda Socrate au sergent-chef.

— Surtout pas. Sedan est foutue. Elle est du mauvais côté de la Meuse et nos petits camarades vont faire péter tous les ponts pour ralentir l'avancée allemande. Donc il faut qu'on traverse la Meuse avant, à moins de savoir très bien nager. Et ton copain ne m'a pas l'air suffisamment en forme pour piquer une tête. Bon, la chance qu'on a, c'est Oscar, notre pilote. Il est aussi rapide qu'Ascari. Mais à mon avis, ton copain a son compte.

Oscar roulait à tombeau ouvert. C'était une journée magnifique. Le ciel était bleu et le bruit de la guerre s'évanouissait peu à peu. Socrate gardait un œil sur Gustave, qui était évanoui et ne semblait pas souffrir. Il lui avait fait un garrot de fortune et le sang ne coulait plus. Oscar oublia Sedan sur la droite pour prendre la route de Rethel. Socrate vit le pont sur la Meuse, si proche. Mais un Stuka en rase-mottes se profila à l'horizon. Le chauffeur balança le camion à droite et à gauche. Les balles sifflaient. Le pare-brise explosa. Les projectiles pénétrèrent partout, dans les peaux, dans les pneus, dans le cuir. Le véhicule ralentit, comme un taureau blessé qui vient de recevoir le coup fatal mais qui est encore entraîné par sa course folle. Puis il s'immobilisa au milieu de la route. Socrate regarda autour de lui. Dans la cabine, le conducteur et le sergent-chef étaient morts. Une giclée puissante de sang sortait du poitrail de ce dernier, à la hauteur du cœur. Puis l'éruption devint un mince filet rougeâtre s'écoulant vers son nombril.

À l'arrière du camion, il n'y avait aucun bruit. Les huit soldats dessinaient des figures géométriques curieuses, l'un en chien de fusil, l'autre en fœtus, un troisième étalé de tout son long. Gustave n'avait pas bougé. Il semblait dormir. Il avait toujours cette sale blessure, mais aucun nouvel impact. Socrate poussa Oscar, qui tomba lourdement sur la route, et se mit au volant. Le camion ne voulut pas démarrer. Alors le colosse prit de nouveau Gustave sur son dos et avança à grandes enjambées vers le pont. À l'autre extrémité, des soldats lui faisaient signe d'accélérer. Au milieu du pont, Socrate s'effondra. Jamais personne ne l'avait vu s'effondrer. Des soldats vinrent à leur secours. Le pont fut traversé. Les deux amis se retrouvèrent à l'arrière d'un pick-up tandis qu'une déflagration envoya le pont naviguer dans la Meuse. Alors Socrate s'autorisa à fermer les yeux.

18

Dans le magasin jaune, les jouets ignorent la peur.

Ils ont connu tant d'invasions, tant de guerres, tant d'empires qui se font et se défont, tant de dictatures et de crimes.

Dans le magasin jaune, à côté des jeux de cartes, les osselets savent qu'on les appelait encore des astragales quand ils glissèrent de la main droite du fils d'Amphidamas, tué en pleine partie par Patrocle. Le cheval à roues et crin véritable, lui, sait qu'à l'époque où il était un cheval bâton monté par de jeunes garçons se prenant pour des chevaliers, il regardait les sorcières brûler sur les bûchers de l'Inquisition. Quant au jeu d'échecs, taillé dans du bois, de l'os ou de la corne, il a vu des rois assassinés, des reines enlevées, des chevaliers sacrifiés, des tours s'écrouler. Et combien de figurines, de petits canons tirant des projectiles, de chariots à traîner ont

reproduit les plus grands massacres de l'humanité ?
Combien d'enfants, alors que leur père se faisait
tuer, jouaient au même instant à la guerre avec des
zouaves et des spahis ?

Dans le magasin jaune, les jouets immortels
savent qu'il faut, à tout instant de la vie, se jouer de
la mort.

*

Devant l'imminence de l'arrivée des troupes allemandes, Paris se vida de ses habitants. Françoise
tenta de convaincre Valentine de rejoindre Londres
avec elle, mais Valentine refusa. Elle attendrait
Gustave et continuerait d'ouvrir chaque matin
le magasin jaune. Avant de partir, Françoise lui
offrit des disques. Comme une promesse, Maurice
Chevalier et Joséphine Baker chantèrent « Paris
sera toujours Paris ». Marlène Dietrich fit sauter
tristement un bouchon de champagne : « You
go to my head ». Frehel, sur une autre planète
avec sa « Java bleue », redescendit sur terre avec
la « Der des der ». Et quand Tino Rossi entonna
« J'attendrai le jour et la nuit, j'attendrai toujours,
ton retour », Valentine et Quinze pensèrent très
fort à Gustave.

Le lendemain, M. et Mme Picard du numéro 13
tentèrent également de convaincre Valentine de les
suivre dans l'exode. Selon eux, la vengeance des
Allemands serait terrible.

Rien de tel ne se produisit. Paris fut déclaré « ville ouverte ». Tout combat contre les forces allemandes devait cesser aux abords et dans la capitale, en échange de quoi Paris ne serait pas détruit et resterait toujours Paris. Tandis que le gouvernement français se réfugiait à Bordeaux, un boulevard s'ouvrait devant les troupes du général von Boch. En fait de boulevard, c'étaient les Champs-Élysées. Les soldats de la Wehrmacht, aussi rigides et impeccables que des figurines en plomb, défilèrent en ce 14 juin 1940 sous l'Arc de Triomphe. Au cours de la journée, tous les drapeaux tricolores furent déposés des bâtiments publics et remplacés par des étendards à croix gammée. La tour Eiffel ne fut pas épargnée. Les états-majors allemands s'installèrent dans les principaux édifices haussmanniens, avec une préférence pour les hôtels fastueux de la Ville lumière.

Comme il n'y avait rien de tel dans le quartier de la rue Germain-Pilon, la présence militaire allemande se limita aux postes de contrôle place Pigalle et place des Abbesses. Si peu de bâtiments publics arboraient les couleurs du Troisième Reich de part et d'autre du boulevard de Clichy, les soldats allemands en permission s'aventuraient là en touristes, d'autant que plusieurs maisons closes leur étaient réservées. Les plus luxueuses et les mieux achalandées étaient dédiées aux officiers. Dès le mois de juillet 1940, la Wehrmacht mit en place un service chargé de l'approvisionnement sexuel de ses troupes, contrôlé avec efficacité du double point de vue sanitaire et sécuritaire. Le repos des guerriers était assuré par une organisation structurée et performante qui avait pour contrepartie l'interdiction des relations sexuelles avec la population française non prostituée, sauf exception, et avec les prostituées clandestines que la police française était censée pourchasser. La fixation autoritaire de la parité entre les monnaies française et allemande à vingt francs pour un mark, au lieu de six francs avant l'Occupation, donnait aux Frisés un pouvoir d'achat conséquent.

Après le choc de l'arrivée des troupes allemandes, la vie reprit son cours peu à peu. Les Parisiens, pour la plupart, regagnèrent leur domicile. Les rassemblements d'enfants devant le magasin jaune furent le signe le plus perceptible d'un retour à une sorte de normalité.

Si la rue avait retrouvé un semblant de rythme, l'angoisse était palpable. Chacun attendait. Qui allait rentrer ? Qui ne reviendrait pas ? Il était impossible d'obtenir des informations fiables. Plus aucun courrier ne parvenait. Valentine, Léontine, Jacqueline, la femme du boulanger et Yvette, celle du boucher, en étaient réduites, selon leur tempérament, à imaginer le pire ou à rêver du retour prochain de leur homme. Quinze était confiante. Elle réconfortait sa mère. Aux dernières nouvelles, les soldats qui n'avaient pas été faits prisonniers avaient été démobilisés début septembre. Gustave ne tarderait plus. Il lui fallait le temps de revenir vers Paris, voilà tout.

Le 6 septembre, la femme du boucher apprit que son mari était prisonnier en Allemagne. Elle hésitait entre se réjouir à l'idée de le savoir vivant ou éclater en sanglots à la perspective de devoir se débrouiller toute seule avec les Allemands et la boucherie. La femme du boulanger, quatre jours plus tard, prit la nouvelle de la détention de son mari avec plus de recul. Peut-être était-il préférable d'être prisonnier qu'occupé ?

Les seuls qui revinrent, le 15 septembre en fin d'après-midi, furent Gustave et Socrate. Le grand Louis les aperçut le premier. Bientôt, la nouvelle remonta la rue jusqu'au magasin jaune, portée par Amos Berstein, un petit garçon de six ans surexcité.

— Y a l'ogre et le papa de la princesse qui sont revenus !

Le cœur de Valentine se mit à battre très fort. Elle cria pour prévenir Quinze qui dévala les escaliers aussitôt. Toutes deux marchèrent d'un pas rapide vers le bas de la rue où un attroupement s'était formé. Elles distinguaient déjà, au-dessus de la mêlée, le gigantesque crâne chauve de Socrate. Elles se frayèrent un chemin et virent Gustave, le visage émacié. La manche gauche de sa vareuse flottait dans l'air, comme le drap d'un fantôme. Il fallut quelques secondes à Valentine pour réaliser qu'il n'y avait plus rien dans cette manche. Gustave avait perdu un bras. Alors que Quinze avait déjà enfoui son visage contre le torse de son père, Valentine demeurait immobile. Son mari la regarda avec beaucoup d'espoir et une pointe d'inquiétude. Il avait compris :

— Vous savez, Valentine, je peux vous enlacer avec un seul bras. Regardez !

Il entoura la mince silhouette de Quinze de son bras droit. Comparé à la jeune fille, ce bras-là était si grand et puissant qu'elle sembla disparaître. Alors Valentine se mit à rire à travers ses larmes et rejoignit Quinze auprès de Gustave. La guerre n'existait plus, l'attente et la souffrance non plus. Peu importait le bras perdu. Gustave était vivant et il était revenu. C'était bien lui, avec ce front dégagé, ses yeux immenses, cette bouche parfaitement dessinée. C'était l'homme qu'elle avait choisi et qu'elle veillerait à ne plus jamais perdre.

19

Rue Germain-Pilon, le 1er octobre 1940

Gustave souffre, je le vois bien. Il a quitté Paris libre et fier, en un seul morceau, et il revient infirme dans une ville occupée. Tout a changé. Il n'y a plus de voitures dans les rues, à part des camions allemands et des Citroën traction-avant noires, avec un petit drapeau à croix gammée solidement fixé en tête de proue. Les bicyclettes, triporteurs et charrettes tirées par des ânes les ont remplacées. La peur et la résignation se lisent sur les visages. Aaron Berstein, en particulier, fait une tête d'enterrement. Il s'en veut terriblement d'avoir obéi à l'ordre de recensement général des juifs à la fin du mois d'août. Sa femme a tenté de le dissuader d'émarger au commissariat, mais Aaron a répondu qu'il était français et respectueux des lois de la République. Et la République lui a demandé d'indiquer la composition de sa famille. Alors il l'a fait et n'a réfléchi qu'après. Certes, il est commerçant en tissu avec pignon sur rue et s'appelle Berstein. Peu de chance de passer inaperçu. Mais lorsque le gardien de la paix lui a cité un à un les membres de sa famille, il l'a corrigé pour y ajouter ses deux derniers garçons, Amos et Fishel. Depuis, ce zèle irréfléchi le torture et il ne parle que de ça au Coup du rouquin.

Gustave, évidemment, s'est réfugié dans le travail. Avec son seul bras, il construit, répare, modifie les jouets. Il a fabriqué de nouvelles étagères, des alcôves à merveilles, des décors féeriques. Étant donné le peu de clients, c'est absurde, mais il trouve toujours quelque chose à faire, de parfaitement inutile – essentiel à l'en croire. Le magasin jaune est sa tanière, le seul endroit familier où rien n'a changé. C'est vrai. Il a la même odeur parce que j'utilise toujours la même cire. Enfin, tant qu'il m'en restera. Je pense que Gustave veut se prouver et me prouver qu'il peut tout faire comme avant. Même quand nous avons refait l'amour, il a eu du mal à admettre qu'il faille quelques adaptations. Je mesure à quel point il est affecté par l'amputation de son bras. Malgré cela, je préfère le Gustave d'aujourd'hui à celui qui est parti pour la guerre et qui ne m'adressait plus la parole. Gustave a honte de ce qu'il appelle son moignon ridicule, mais au moins il me parle. Il m'explique que son cerveau peine à accepter et voudrait encore commander son bras gauche, comme s'il oubliait son absence. Par exemple, son cerveau lui demande de saisir un objet et Gustave ressent un picotement dans le moignon. L'ordre parcourt le système nerveux et finit sa course en butant sur l'impasse de la chair suturée. C'est une sensation très désagréable. Il doit se souvenir à chaque instant qu'il n'a plus de bras gauche afin que son cerveau enregistre l'information définitivement. Il dit qu'il doit perdre la mémoire de son bras.

20

*

Dans le magasin jaune, le pacte de neutralité a été rompu. Le numéro 15 n'est plus un sanctuaire et la bouche de mercure de la poupée Alaska, posée dans l'atelier à un mètre de l'endroit où les Muller se sont pendus, ressemble à un rictus.

Dans le magasin jaune, la spiritualité du jouet a été trahie, ainsi que sa capacité à imiter le monde sans le rejoindre, à en être le miroir légèrement déformé et infranchissable.

*

Socrate s'effaça pour laisser l'homme qui l'accompagnait pénétrer dans le magasin jaune. Son attitude attira immédiatement l'attention de Valentine. Il montrait de la déférence envers cet inconnu qui semblait habitué aux marques de respect. L'homme avait de la prestance. Il ne devait pas avoir plus de trente ans, mais dégageait une force et une gravité d'homme mûr. Il salua Valentine d'une légère inclinaison de tête et se présenta. Il s'appelait Édouard Demurel et souhaitait rencontrer Gustave. Valentine, suivie de Socrate, le conduisit à l'atelier. Quand Gustave le vit, il se leva avec empressement, lui serra la main et lui proposa de s'asseoir, avec l'attention réservée à un invité de marque. Pendant une dizaine de secondes, les trois hommes restèrent silencieux. Une gêne s'était installée. Valentine comprit soudain qu'elle en était la cause : sa présence n'était pas souhaitée. Elle prit congé de mauvaise grâce sous le regard reconnaissant de son mari. À peine fut-elle sortie de l'atelier que Socrate en referma la porte. En s'éloignant, elle entendit distinctement Gustave s'adresser à Édouard Demurel en l'appelant « mon commandant ».

Une vingtaine de minutes plus tard, Édouard Demurel et Socrate quittèrent le magasin jaune, raccompagnés par Gustave. Valentine s'attendait à des explications mais son mari retourna à l'atelier sans rien dire. Elle le suivit et le questionna. Il répondit qu'il s'agissait d'un client. Il avait acheté le cheval à bascule jaune et noir. Persuadée qu'il lui mentait, elle demanda pour quelle raison le client n'avait pas emporté son achat. Sans hésitation, il lui expliqua qu'il reviendrait dans quelques jours. Il souhaitait que Gustave adapte des roulettes à pas de vis sur le cadre en bois afin d'en faire un cheval à bascule transformable à volonté en cheval à roulettes. Valentine ne fut pas convaincue par

cette explication, mais constata que dès le lendemain le cheval avait rejoint l'atelier pour y subir les
modifications demandées.

Édouard Demurel revint quinze jours après. Il
quitta la boutique en tirant par la longe son cheval
à roulettes, passa d'un pas distingué devant le
poste de garde allemand de la place Pigalle et s'en-
gouffra dans la bouche de métro après avoir pris
son cheval sous le bras.

21

Dans le magasin jaune, les parents veulent se faire pardonner le monde violent et absurde qu'ils ont légué à leurs enfants. Ils veulent acheter leurs sourires par de menus présents. Les sourires des enfants sont un trésor que les Allemands ne peuvent pas voler.

Dans le magasin jaune, parce qu'au-dehors l'indispensable est difficile à se procurer, le superflu est essentiel.

Dans le magasin jaune, le bonheur apporté aux enfants est un acte de résistance autorisé.

*

Vivant à l'intérieur du soleil qui réchauffait la rue de ses rayons, Quinze était une petite fille épanouie. Tous les enfants de l'école élémentaire de la rue des Abbesses voulaient devenir son ami et avoir le privilège de découvrir les trésors secrets du magasin jaune. Il y avait tant de jouets qui n'étaient pas exposés mais auraient mérité de l'être. Les plus mystérieux étaient ceux qui, de naissance ou par accident, présentaient des défauts les rendant impropres à la vente. Parfois, l'imperfection était minime, une erreur dans la couleur d'un grognard de l'Empereur, une poupée avec un œil plus clair que l'autre ou une peluche perdant ses poils. Or, Gustave Pilon était intransigeant sur la qualité et remisait les indésirables qu'il ne pouvait réparer dans l'attente de la fin de la guerre et d'un retour au fabricant, à supposer qu'il existe encore. L'Occupation n'avait pas entamé son exigence de perfection, alors même qu'il ne fallait plus espérer de nouvelles livraisons avant longtemps. Les jouets imparfaits se prélassaient dans un coin de la réserve en attendant que Quinze et ses amis viennent leur rendre visite. Les enfants se moquaient bien des quelques défauts des jouets au rebut. Au contraire, ils les rendaient plus réalistes. Comme le soulignait Quinze, la perfection n'est pas de ce monde – ce qui, en cette fin d'année 1940, était indiscutable.

Outre la réserve magique, il y avait aussi la chambre de la jeune fille et ses jouets personnels qu'elle partageait avec ses « meilleures amies du moment » et en particulier avec Léa Berstein, sans oublier la cabane dans le grand chêne, appendice merveilleux du magasin jaune. Choyée par ses parents et courtisée par la plupart des enfants du quartier, Quinze gardait néanmoins la tête froide.

Son prestige venait du mystère qui entourait le magasin jaune et il n'était pas question de le briser. Il fallait que ceux qui y étaient admis en ressortent, tels des membres d'une société secrète, avec l'air détaché de celui qui a vu et connaît enfin la vérité, mais ne dira rien pour ne pas provoquer la fureur des forces obscures. Elle choisissait donc ses amies avec le plus grand soin et rares étaient les enfants à être invités dans la réserve.

Jusqu'au 25 avril 1941, seules des filles avaient eu ce privilège. Ce jour-là, Quinze fit une exception. Comme à son habitude, Pierrot était en arrêt devant la devanture du magasin jaune. Depuis ses deux ans et la découverte des sucres d'orge en apesanteur, il s'était toujours arrêté devant la vitrine, au retour de l'école, avant de rentrer prendre son goûter. À l'âge de douze ans, les petits soldats de plomb l'intéressaient un peu moins, mais il bavait d'envie devant les modèles réduits de voitures et les épées en bois. Et puis, il y avait Quinze. C'est vrai qu'elle était trop jeune pour lui. Avouer qu'elle lui plaisait était impossible. Ses copains, malgré l'aura de la jeune fille, se seraient moqués de lui. Alors il leur mentait et se mentait à lui-même, mais ses regards ne trompaient pas Quinze. Il scrutait le magasin dans l'espoir de l'apercevoir en train d'aider sa mère à ranger des cartons ou à disposer des cahiers d'écolier sur le présentoir en bois, derrière le comptoir.

À dix ans, elle était maigre comme un clou. Elle n'était pas encore formée et rien ne semblait devoir pousser avant longtemps sous sa blouse d'écolière. Comme elle avait le visage fin et même légèrement émacié, ses yeux bleus paraissaient très grands. Ils n'avaient pas la couleur de la glace, comme ceux de sa grand-mère, mais celle d'un lac profond en plein soleil, avec des scintillements multiples en surface et une couleur plus soutenue en profondeur. Au grand désespoir de sa mère, elle refusait avec obstination d'attacher ses longs cheveux noirs. Chaque matin, Valentine lui faisait un chignon ou une queue-de-cheval, mais sur le chemin de l'école elle les défaisait et secouait la tête comme un chien mouillé s'ébroue. À son arrivée à l'école, elle ressemblait à une sauvageonne. M. Roland inscrivit quelques remarques à ce sujet dans le carnet de liaison et elle fut punie par ses parents à plusieurs reprises avant qu'ils n'abandonnent la partie, tout comme M. Roland. Après tout, elle collectionnait les bonnes notes, et si ses cheveux s'envolaient au moindre coup de vent, cela n'avait pas d'importance. De plus, elle était la princesse du magasin jaune, ce qui lui assurait une sorte d'immunité diplomatique.

Outre sa beauté sauvage, Quinze avait une particularité que tout le monde remarquait : son attitude, son regard, sa façon de s'exprimer témoignaient d'un esprit ferme et résolu, à la limite de l'impertinence. Elle ne boudait jamais mais ne cédait jamais. Quand elle était en désaccord, elle ne cherchait pas l'affrontement, mais pensait déjà, en pleine conversation, à la façon dont elle vaincrait. Les adultes, autant que les enfants, étaient hypnotisés par son assurance. Quinze était le miracle du magasin jaune incarné, en particulier pour Pierrot.

Le miracle s'incarna encore davantage quand, ce 25 avril 1941, la jeune fille remarqua qu'une nouvelle fois le regard de Pierre s'était détaché de la devanture pour plonger dans sa direction. Cette fois, elle décida d'agir. Pierre était un grand de douze ans qu'elle trouvait très beau, avec son sourire timide à fossettes, ses cheveux châtains à bouclettes et ses deux yeux bleus étonnés. Elle se dirigea hardiment vers la porte du magasin alors que le garçon s'enfuyait.

— Pierre, viens ici !

Quinze avait ordonné. Elle fut elle-même surprise par son ton autoritaire. Mais il avait fait son effet et Pierre revint vers elle tout craintif, comme un jeune chiot redoutant d'être battu. C'est alors qu'elle le prit par la main et l'entraîna au fond du magasin, dans la réserve magique. Même s'il avait deux ans de plus, il était à peine plus grand qu'elle. Les deux enfants jouèrent un peu, discutèrent beaucoup et scellèrent un accord : Pierre aiderait Quinze en maths et Quinze aiderait Pierre en français. Malgré leur différence d'âge, elle était supérieure à lui en français. Elle avait très tôt développé un don pour la langue française et s'était fait remarquer, dès sa première année de classe enfantine, par sa capacité exceptionnelle à accorder les adjectifs en genre et en nombre. Elle ne commit,

142

à l'âge de huit ans, qu'une seule erreur lors d'un test scolaire qui la propulsa bien au-dessus de la moyenne de la classe, en écrivant avec application « je suis eau courante » au lieu de « je suis au courant ».

Leur accord était d'autant plus profitable qu'ils étaient dans la même classe, Quinze en première année et Pierre en troisième et dernière année de cours supérieur. Elle préparait la première partie du certificat d'études primaires et lui la seconde. M. Roland avait, par nécessité plus que par conviction, des vues progressistes sur la mixité. La moitié des instituteurs de Paris avait été mobilisée. Un bon tiers n'était pas revenu, soit qu'ils fussent prisonniers ou morts, soit qu'ils eussent préféré rejoindre la zone libre. En outre, l'espace disponible s'était rétréci. L'établissement scolaire de la rue des Abbesses était composé de deux corps de bâtiments en forme de L avec deux grandes cours de récréation et deux préaux attenants, mais les Allemands, dès le mois de juillet 1940, avaient réquisitionné la moitié de l'école. Dans la cour des petits, sous des bâches de camouflage, plusieurs Nebelwerfer 41, des lance-roquettes mobiles à six tubes, étaient gardés jour et nuit.

La pénurie d'instituteurs et le rétrécissement conséquent de l'école, bien loin de permettre la séparation des garçons et des filles, rendaient en outre impossible la répartition des élèves dans des classes distinctes selon leur niveau d'études. Il n'y avait plus qu'une seule classe enfantine mixte pour les enfants de cinq à six ans, une seule classe de cours élémentaire pour les enfants de sept à neuf ans, deux classes allégées de cours moyen pour les enfants de neuf à onze ans et seulement une classe surchargée de cours supérieur pour ceux de onze à quatorze ans. La séparation des sexes n'était assurée que pour les deux classes de fin d'études, à partir de quinze ans. La cour de récréation épargnée par l'Occupation avait été divisée en deux par une ligne blanche que les élèves appelaient la ligne de démarcation. Elle séparait les petits des grands, avec interdiction absolue de franchir la frontière. Les petits jouaient avec les petits à des jeux de petits, et les grands jouaient entre eux à des jeux de grands. Si un ballon, une bille ou un cerceau traversait la ligne, seul le surveillant de préau avait le droit d'intervenir.

Un seul élève décida de braver les nouveaux interdits et ce fut Quinze. L'une des sanctions consistait à punir un élève trop turbulent en le bannissant, pour les petits dans la cour des grands, et inversement. Un jour, un petit de six ans fut exilé chez les grands et se mit à pleurer toutes les larmes de son corps. Quinze vint le réconforter en le dorlotant, ce qui était formellement interdit. Cela rendait la punition bien trop agréable. À ce régime, tout le monde, petits et grands, aurait aimé être puni. Elle fut donc punie à son tour et rétrogradée pendant deux semaines entières dans la cour des petits. Là, elle passa son temps à toiser du regard le surveillant de préau et à jouer, à leur plus

grand bonheur, avec les élèves de classe enfantine et de cours élémentaire à la balle aux prisonniers des Boches.

Cette héroïne de cour de récréation, cette Marianne de préau avait admis Pierrot, à l'étonnement général, dans la réserve du magasin jaune. Dès cet instant, leur sainte alliance fut scellée, à la vie à la mort, et l'on vit constamment Pierre Ambroise en compagnie de Quinze Pilon. Valentine se promit d'être vigilante car plus le temps passait, moins Pierre ressemblait à un petit garçon. À la fin de l'année, même si le topinambour avait remplacé la pomme de terre, la scorsonère, le salsifis, et le rutabaga tout le reste, il avait grandi brusquement jusqu'à dépasser Quinze d'une bonne tête. Son corps semblait être devenu trop grand pour lui.

Pour ses onze ans, Quinze eut le droit d'organiser une fête d'anniversaire avec un bon mois d'avance, en raison de la concordance malvenue de cet événement majeur avec les fêtes de Noël. Naturellement, elle invita Pierre. C'était le seul garçon au milieu de six filles. Il s'en voulut d'avoir accepté l'invitation. Si l'un de ses amis apprenait qu'il s'était rendu au goûter d'anniversaire d'une des pisseuses du premier rang, il serait la risée de l'école.

Le fait de se trouver dans les premiers rangs de la classe n'était pas le signe d'une assiduité particulière. M. Roland avait décidé de placer ainsi les

élèves de première année, plus jeunes et plus petits en taille. Suivaient, dans les rangs du milieu, ceux de seconde année et, au fond de la classe, ceux de dernière année, de sorte que les grandes asperges de treize ans ne gênaient nullement la vue des petits radis. M. Roland était très attaché, outre à la raison pure, à l'ordre et à l'harmonie. La disposition des élèves créait une pente douce agréable à contempler. Le maître, de sa voix puissante, propulsait le savoir jusqu'au fond de la classe et, sur cette pente douce, celui-ci revenait vers les premiers rangs en s'écoulant comme de l'eau pure sur de l'ardoise. Et puis les élèves avaient des travaux différents à exécuter selon leur niveau, d'où la nécessité d'un regroupement géographique. Mais c'était bien contrariant pour Quinze qui devait se dévisser la tête pour regarder Pierre, ce qu'elle faisait un peu trop souvent au goût de M. Roland.

— Qu'avez-vous encore, mademoiselle Quinze ? Vous avez peur que le mur du fond ne disparaisse ?

Alors toute la classe se mettait à glousser.

Pierre n'avait pas ce problème. Du fond de la classe, il pouvait observer tout à loisir les cheveux noirs ondulés de Quinze qui, parfois, laissaient entrevoir sa jolie nuque blanche.

Les sentiments de Pierre et de Quinze l'un envers l'autre n'étaient un secret pour personne. Cependant, Pierre évitait de donner le bâton pour se faire battre et c'est pourquoi il estimait sa présence à la fête d'anniversaire de Quinze ennuyeuse et potentiellement compromettante. Il se demandait

ce qu'il faisait là, perdu au milieu des gloussements de petites filles. Seule Léa relevait la moyenne d'âge et pouvait être considérée comme une fille intéressante. Sauf qu'elle était la meilleure amie de Quinze. Qu'était-il venu faire dans ce piège enfantin ? À la vérité, il le savait parfaitement. Il était là parce qu'elle l'avait invité et qu'il lui était impossible de lui refuser quoi que ce soit. C'était bien son drame. Et puis, se dit-il face au sourire envoûtant de Quinze, au diable les autres ! Ce n'était pas une pisseuse. C'était une jeune fille. Du reste, il avait décidé de lui offrir un grand bouquet de fleurs. C'était sa façon de lui montrer qu'il ne la considérait pas comme une enfant. C'est bien ainsi qu'elle comprit la chose. Elle en fut très flattée. Pour la première fois, on lui offrait des fleurs et c'était incontestablement un cadeau que l'on fait à une femme.

C'était aussi un cadeau d'amoureux, estimat-elle.

Le présent de Pierre fut accueilli par un silence respectueux des enfants et un sourire ironique de Valentine.

Quinze géra son anniversaire en maîtresse de maison. Avec autorité, elle distribua les jeux de rôle, forma les équipes, décida d'à peu près tout. Elle quitta un instant le salon pour aller dans sa chambre. Juste avant, elle glissa dans la main de Pierre un petit morceau de papier qu'il lut avec discrétion : « Rejoins-moi dans ma chambre dès que tu auras ce message. C'est très très important. »

Oui, mais comment faire ? Pierre ne voyait pas de solution. Il était impensable de se diriger vers la chambre de Quinze sous les regards inquisiteurs des filles et surtout de Mme Pilon. Ce fut pourtant elle qui l'aida.

— Mais que fait-elle ? C'est vraiment une fille, il n'y a pas de doute. Elle doit se refaire une beauté. Pierre, va dire à Quinze de revenir. Ça ne se fait pas de laisser ses invités en plan, et tout le monde l'attend pour le gâteau… même si c'est une tarte au rutabaga.

Pierre avait presque oublié la teneur alarmiste du message de Quinze quand il frappa à sa porte. Elle ouvrit aussitôt et l'entraîna dans sa chambre avant de refermer.

— Tu en as mis du temps ! lui dit-elle sur un ton de reproche. Cela dit, je ne pensais pas que tu serais cap.

— C'est ta mère qui m'envoie. Il faut que tu viennes, on t'attend pour le gâteau.

— As-tu lu mon message ?

— Ah oui, le message, c'est vrai ! se souvint Pierre, un peu honteux. Tu as écrit que tu avais quelque chose de très important à me dire.

— J'ai menti. Je voulais juste savoir si tu aurais le courage de venir me rejoindre dans ma chambre au vu et au su de tous.

« Quinze, Pierre, qu'est-ce que vous faites ? Pressez-vous un peu ! » La voix de Valentine semblait provenir du centre de la terre. Il n'y avait plus de temps à perdre. Quinze inspira et expira profondément, puis embrassa Pierre sur la bouche. Son baiser fut aussi furtif qu'un écureuil dans un arbre.

Gustave sortit de son atelier pour voir Quinze souffler ses bougies. Il observa le garçon avec attention, fronça les sourcils et retourna dans l'atelier.

22

Rue Germain-Pilon, 15 décembre 1941

Gustave est détendu. Je ne l'avais pas vu ainsi depuis longtemps. Peu après son retour de la guerre, il était retombé dans la déprime. Il disait qu'il n'était pas digne de son père, qu'il était revenu d'une guerre honteuse avec un bras en moins, sans avoir tué un seul Allemand et sans avoir réellement combattu. Il n'était qu'un pauvre infirme qui avait raté sa carrière et passait ses journées à réparer des jouets avec un seul bras, une seule main et une moitié d'âme. J'ai bien cru que le cauchemar allait recommencer. J'avais tort. Peu après la venue d'Édouard Demurel, il a retrouvé de l'entrain. Certains jours, il est presque de bonne humeur.

Je devrais être heureuse, évidemment, mais j'ai peur. Il se passe quelque chose. Édouard Demurel n'est pas revenu, mais le scénario s'est répété avec une jeune femme belle et distinguée qui commande des jouets et vient les chercher une semaine après. Elle nous a déjà acheté un éléphant à roulettes en bois laqué, un grand camion de pompiers, un jeu de quilles, des poupées et des peluches en quantité. Et puis, je vois bien que Gustave et Socrate complotent dans leur coin. Ils font des messes basses dans l'atelier. J'y ai jeté un coup d'œil en l'absence de Gustave mais je n'ai rien trouvé. Comme il y avait de la sciure partout, j'ai nettoyé. Quand Gustave est rentré, il s'est mis en colère. Il m'a reproché d'avoir fait le ménage. Il m'a dit que je ne devais rien toucher dans son atelier.

23

Quinze avait marqué son territoire en embrassant Pierre sur la bouche. Il était devenu son amoureux officiel et se sentait pris au piège, coincé entre l'enfance et l'âge adulte. Il était attiré comme un aimant par le magnétisme de cette fille, mais elle était trop jeune et il n'éprouvait pas de véritable désir pour elle. En pleine révolution hormonale, il était de ceux, sous le préau, qui entouraient avec excitation le grand Louis, âgé de presque quinze ans, lorsque celui-ci sortait de son cartable des images inouïes de femmes nues. Personne ne savait comment il se procurait des images aussi sulfureuses, car il refusait de répondre à la moindre question sur le sujet.

— Même avenue Foch, je ne dirai rien.

L'allusion au siège de la Gestapo faisait taire les plus insistants.

Même si Quinze grandissait et laissait entrevoir les prémices de charmes futurs, elle était loin de rivaliser avec les formes excitantes que Pierre découvrait avec des yeux aussi émerveillés que lorsque, du haut de ses deux ans, dressé sur la pointe des pieds, il parvenait avec peine à la hauteur de la devanture du magasin jaune.

Pierre, cependant, ne pouvait se passer d'elle. Il la suivait avec docilité. Il n'aimait pas trop qu'elle lui prenne la main, de peur qu'on les voie, mais n'avait pas le cœur de lui refuser. Un jour, elle voulut lui présenter sa grand-mère. Devant sa tombe, au cimetière de Montmartre, elle lui expliqua que les âmes étaient immortelles et que celle de son aïeule avait pris la forme d'un papillon blanc.

Puis Quinze fit à Pierre les honneurs de sa cabane. Il faisait trop froid pour s'y attarder, mais elle en profita pour l'embrasser pour la deuxième fois en restant suspendue à ses lèvres bien plus longtemps que la première.

— Ici, c'est chez nous. C'est notre cabane à tous les deux. Il faut que tu fasses un vœu. Tu verras comme c'est agréable au printemps, avec les petits oiseaux qui rentrent. En plus, mon père m'a promis de me construire un pont suspendu, avec des grosses cordes, entre la fenêtre de ma chambre et la cabane. On pourra passer de l'une à l'autre.

Pierre ne savait pas quel vœu formuler. Il ne voulait pas faire de peine à Quinze, mais il savait que c'était inévitable. Dans deux ou trois ans, leur différence d'âge n'aurait plus d'importance. En attendant, elle était un obstacle insurmontable.

Son sang bouillait d'impatience. Il ne pouvait pas attendre. Des filles de la classe lui faisaient des œillades et le mettaient dans un état second. Si seulement Quinze pouvait avoir deux ans de plus !

Parmi les filles qui mettaient Pierre en transe, il y avait Marguerite, la fille de Socrate et Léontine, une grande de bientôt quatorze ans que tout le monde qualifiait de « bombe de la classe ». Non seulement Marguerite avait une poitrine conséquente, mais selon les rumeurs du préau, elle acceptait que les garçons la touchent. Elle acceptait aussi qu'ils l'embrassent en mettant la langue.

Ces derniers temps, Quinze sentait bien que Pierre était ailleurs. Elle comprenait la situation et le gouffre des deux années d'écart. Elle avait remarqué le manège de Marguerite, assise en classe à côté de Pierre, qui gonflait sa poitrine en redressant les épaules. Elle avait conscience de son handicap : il y avait autant de différence entre ses seins et ceux de Marguerite qu'entre une mirabelle et un melon. Le dernier jour d'école avant les vacances de Noël, alors qu'elle tournait pour la dixième fois de la matinée la tête en direction de Pierre, elle constata avec une rage rentrée que Marguerite était passée à l'attaque. Elle avait posé ostensiblement sa main droite sur la cuisse gauche de Pierre et celui-ci, pétrifié, ne réagissait pas.

La guerre était déclarée. L'année 1942 allait être terrible.

Pendant les vacances, Quinze se tortura l'esprit. Pierre avait laissé cette pouffiasse de Marguerite poser sa main sur sa cuisse, et Dieu sait où encore. Depuis, il ne donnait plus signe de vie. Il n'était pas venu à leur dernier rendez-vous dans la cabane. Comme aucune idée lumineuse ne lui venait pour se venger de la fille de Socrate, elle fit appel à Léa. Celle-ci prit le conflit à la légère.

— Tu comprends, y a plus grave en ce moment que Pierre qui fricote avec cette pimbêche…

Mais Quinze ne voyait pas ce qu'il pouvait y avoir de plus important. Alors Léa poussa un soupir désabusé, et emmena la princesse du magasin jaune visiter une exposition gratuite et ouverte à tous.

Devant le Palais Berlitz, sous l'affiche géante qui représentait un vieux rabbin juif à la longue barbe, aux lèvres épaisses et au nez crochu entourant de ses bras avides le globe terrestre, Quinze regarda, incrédule, son amie.

— « Le juif et la France » ! Tu ne veux tout de même pas qu'on voie cette exposition !

— Mais si, répondit Léa, fais-moi confiance, on va bien s'amuser.

Quinze ne bougeait pas. Elle était abasourdie. Mais son amie se dirigeait déjà vers l'entrée.

— Alors, tu viens ?

— T'es complètement folle ! répondit Quinze en la rejoignant tout de même.

Les deux jeunes filles parcoururent les allées. De temps en temps, Léa lisait à haute voix : « Le péril juif enfin démasqué… La perversion du goût et de l'esprit… La maison France aux mains des juifs… Comment reconnaître un juif ? »

— Comment reconnaître un juif ? Intéressant, tu ne trouves pas, Quinze ?

— Arrête, je ne trouve pas ça drôle.

— Si, regarde bien.

Léa s'approcha d'un couple bien habillé, du style vieille bourgeoisie française. Ils ne devaient pas rouler sur l'or. Le manteau de fourrure de la dame était défraîchi. Le couple contemplait une affiche représentant une caricature. C'était un dessin avec des légendes qui pointaient les principaux traits caractéristiques du juif : cheveux gras, lèvres lippues, sourcils épais, nez gros et crochu, yeux globuleux.

Quinze observait son amie. Qu'elle était jolie ! Exactement à l'opposé de la caricature, avec ses lèvres minces, son petit nez droit, ses magnifiques cheveux blonds qui tombaient en boucles sur sa nuque.

Léa s'adressa d'une voix douce au couple qui semblait particulièrement intéressé par les indices permettant de reconnaître un juif. Sans doute les apprenaient-ils par cœur pour briller en société.

— Pensez-vous que nous sommes tous comme ça ? demanda-t-elle d'un ton ingénu.

Elle était si charmante que le couple mit un moment à comprendre. Puis le visage de la femme se ferma.

— Incroyable, une youpine ici ! On aura tout vu… Je vous dis qu'ils sont partout !

Le couple tourna le dos et s'éloigna sous le regard amusé de Léa. Elle répéta la manœuvre une bonne dizaine de fois. Quinze attrapa un fou rire et dut même s'éloigner pour ne pas compromettre les approches de son amie. Une fois calmée, elle revint au moment où un jeune homme sermonnait Léa avec gravité :

— Vous devriez avoir honte, mademoiselle.

— Je ne suis pas une youpine honteuse mais une youpine heureuse, une youpine qui dit *youpi* ! répondit Léa imperturbable.

C'en était trop pour Quinze. Elle partit dans un fou rire si sonore que tous les visages se tournèrent dans leur direction.

— Aïe, aïe, aïe, je crois qu'il faut partir, dit Léa tandis que deux gardiens s'approchaient, l'air méchant.

Les deux filles sortirent en courant. L'un des gardiens fit mine de leur courir après mais n'insista guère. Quatre cents mètres plus loin, elles s'arrêtèrent, essoufflées.

— Allez viens, je t'offre un diabolo menthe ou un chocolat chaud !

Jamais Quinze ne s'était retrouvée dans un café sans être accompagnée d'un adulte. Cela aussi était nouveau. Avec Léa, tout était différent. Dehors, la neige s'était mise à tomber en flocons épais.

— Je t'avais dit qu'on allait bien rigoler. Mais surtout, je voulais que tu comprennes ce qu'il faut faire avec ton Pierre.

— C'est-à-dire ?

— Quinze, tu le sais bien, l'important c'est de résister, de s'imposer, de montrer qui tu es. Résister, c'est être vivant. Marguerite, c'est du pipi de chien, un tout petit obstacle entre toi et ton Pierrot. Tu n'as qu'à attendre le moment favorable et ne pas le laisser passer, c'est tout !

— Et toi, Léa, tu n'as pas d'amoureux ?

— Non.

— Tu es si jolie… Plus que moi et que toutes les filles de l'école.

— Personne n'est plus jolie que la petite princesse du magasin jaune !

— Arrête, je n'ai même pas de poitrine… Non, je suis sérieuse : pourquoi tu n'as pas d'amoureux ?

— Tu crois vraiment que les garçons ont envie d'une petite amie juive par les temps qui courent ?

— Bah, réfléchit Quinze, peut-être un juif ?

— Dans toute l'école, si tu enlèves mes frères et sœurs, il n'y a que quatre juifs. Les autres sont tous partis. Pas fous. Et sur ces quatre juifs, il n'y a qu'un garçon… et il a neuf ans.

— Dans ces conditions, évidemment… Enfin moi, si j'étais un garçon, je m'en moquerais bien que tu sois juive.

— Je sais, répondit Léa en regardant son amie avec tendresse et tristesse mêlées.

— Dis, Léa, pourquoi êtes-vous restés à Paris ? Mon père dit que c'est dangereux et que de toute façon ton père ne pourra plus travailler avec personne.

— Ça, je me le demande ! Tu vois, c'est tout le problème avec mon père. Il ne résiste pas. Il s'incline. Il subit. Il respecte toutes les lois. On lui dit d'aller se faire recenser, il va se faire recenser. On lui dit de mettre un panneau « entreprise juive » sur la porte de la boutique, il obéit. Si une loi oblige les juifs à se jeter dans la Seine, non seulement il le fera mais, en plus, il faudra que toute la famille le suive.

— Tu sais, Léa ? reprit Quinze en terminant son chocolat.

— Quoi ?

— Je suis heureuse que tu sois restée. J'aurais été très triste.

— Tu parles ! Ton Pierrot t'aurait vite consolée.

— N'importe quoi, rétorqua Quinze en riant et en donnant un coup de coude à son amie.

Puis elle prit une mine grave.

— Léa, tu ne seras pas en colère si je te pose une question ?

— Non, promis, vas-y.

— Ben, pourquoi les gens ne vous aiment pas ? Je veux dire, vous les juifs.

Léa réfléchit. Aucune réponse sensée ne lui vint à l'esprit.

— Je ne sais pas. Peut-être parce qu'on est plus intelligents que les autres ?

Quinze ne parut pas satisfaite.

— Ma grand-mère disait que vous aviez tué le petit Jésus. C'est vrai ?

— D'abord, il n'était pas si petit que ça. Il avait trente-trois ans. En plus, il se prenait pour le fils de Dieu. Rien que ça !

24

Dans le magasin jaune, l'atelier est un lieu de mystères et de miracles.

Dans le magasin jaune, l'atelier est l'antre de Gustave, l'endroit où il passe ses journées, le laboratoire où il prépare ses potions et le lieu conspiratif.

Dans le magasin jaune, le cheval de Troie est le plus beau des jouets, celui qui renferme dans ses entrailles la cabale, le fer et le feu.

*

En évidant le bois plein, Gustave allégeait l'objet, si bien que lorsqu'il le remplissait, celui-ci ne devenait pas beaucoup plus lourd qu'à l'origine. Les travaux de finition, coups de pinceau et bouts de peau recollés, achevaient de rendre invisible l'opération. Depuis qu'il s'était lancé dans cette aventure, il se sentait délivré, utile, vivant.

Il reprenait de la valeur à ses propres yeux. Il ne buvait plus et ne se mettait plus en colère. Et c'était grâce à Socrate. L'idée d'en parler à Valentine lui avait traversé l'esprit. Elle aurait été fière de lui et aurait cessé de poser des questions et de tourner autour de l'atelier, mais le commandant le lui avait interdit. En outre, la peur aurait vite repris le dessus. Valentine n'en aurait plus dormi et l'aurait supplié d'arrêter. Alors Gustave devait redoubler de prudence et se résoudre à mentir. S'il donnait satisfaction, peut-être aurait-il le droit de se battre pour de vrai ? Il avait certes un seul bras, mais une volonté à toute épreuve. Pour l'instant, Édouard Demurel était resté sourd à sa demande, malgré le soutien de Socrate. Il voulait s'entourer des meilleurs parce que le droit à l'erreur n'existait pas. Gustave ne lui en voulait pas. Son tour viendrait.

D'ailleurs, ce n'était pas l'admiration de Valentine que cherchait Gustave. Depuis son enfance, tout ce qu'il avait entrepris n'avait eu pour but que de plaire à son père. Ses bonnes notes à l'école, son comportement irréprochable, sa façon de se rendre aimable et serviable en société, c'était pour son père. Gustave imaginait ce qui l'aurait rendu fier de lui et agissait en conséquence. Mais il n'était jamais entièrement satisfait puisque son père n'était pas là pour le rassurer. Alors il doutait de lui, de sa propre valeur, et cette quête sans fin de reconnaissance engendrait une douleur profonde qu'il ne pouvait expliquer, même à sa femme. Son père était présent à chaque instant et c'est cette présence qui rendait son absence insupportable. Cela se justifiait sans doute par le fait que la mort de son père était restée abstraite. Il aurait fallu que Gustave voie le corps froid, immobile, sans plus aucun souffle de vie, et même qu'il le touche. Mais son père était parti et n'était pas revenu, voilà tout. Sa mort avait un goût d'inachevé.

25

L'occasion dont avait parlé Léa se présenta le 1ᵉʳ février 1942. Il était temps. Le rapprochement entre Pierre et Marguerite était devenu évident. Quelques bonnes âmes croyaient nécessaire d'informer Quinze des derniers développements. On avait vu Pierre embrasser Marguerite derrière l'église et, apparemment, il avait mis la langue. On l'avait également surpris en train de caresser la poitrine de la fille de Socrate sous un porche de la rue Clauzel. Léa conseilla à son amie de ne pas croire à ces balivernes, mais d'agir comme si elle y croyait dur comme fer.

À la surprise générale, ce fut Quinze qui gagna la guerre des Marguerites. Elle réussit cet exploit grâce à un acte d'altruisme inattendu, dont l'impact sur la vie de la classe fut considérable et lui assura le respect du premier au dernier rang.

M. Roland en fut la victime collatérale. Le système qu'il avait mis en place dix ans auparavant, et qui n'avait jamais connu la moindre défaillance, fut anéanti vers 15 h 50, dix minutes avant la cloche.

M. Roland était un progressiste. Si les traditions devaient rester le socle du système scolaire, il était bon que de nouvelles méthodes se développent, à condition de ne pas porter atteinte aux fondations. Il considérait, à l'instar de ses collègues, que les coups de règle et le bonnet d'âne étaient des armes indispensables. Mais il avait inventé une méthode novatrice. Il s'agissait d'opérer une compensation, tout au long de l'année, entre les bonnes et les mauvaises actions. M. Roland attribuait des notes comme à l'accoutumée, mais également une somme d'argent fictive pour récompenser les bons élèves. Une excellente copie pouvait obtenir jusqu'à dix francs. Cette somme scripturale était portée sur le compte de l'élève. Quand celui-ci, au contraire, méritait d'être puni, soit pour son comportement en classe, soit pour son manque de travail, M. Roland indiquait la punition théorique. Il y avait, en bas de l'échelle des peines, le bonnet d'âne, puis les coups de règle dans la paume, le dos des mains ou sur le bout des doigts et, tout en haut, les coups de bâton sur les reins réservés aux garçons de plus de dix ans.

Une fois le verdict prononcé, M. Roland proposait à l'élève de racheter sa punition avec l'argent porté sur son compte. Soit l'élève disposait de fonds suffisants et pouvait éviter le châtiment corporel, soit il ne le pouvait pas. Ce système incitait les élèves à obtenir de bonnes notes pour disposer du plus d'argent possible. Avec un matelas confortable, l'élève pouvait respirer. Il pouvait se permettre une baisse de régime, un bavardage inopiné ou une blouse tachée. Il fallait toutefois prendre garde : l'argent filait vite, d'autant que certaines fautes coûtaient cher. Elles étaient répertoriées par grandes catégories sur un document que l'élève et ses parents devaient signer en début d'année. Certaines fautes étaient hors de portée de la plupart des bourses, et en particulier la tricherie. Être pris en train de tricher coûtait cinquante francs, soit le prix de la trottinette rouge à fourche plate et pneus increvables en vente dans le magasin jaune. Seuls les meilleurs élèves disposaient d'un tel pécule. Il valait d'ailleurs mieux avoir un zéro qu'être pris en flagrant délit de fraude. En effet, le zéro coûtait quarante francs. Mais dans certains foyers peu sensibilisés aux méthodes modernes d'éducation, les parents se moquaient bien des punitions corporelles infligées à leur enfant pour des fautes de discipline. Seules les intéressaient les notes obtenues. Revenir avec un zéro, c'était être assuré d'être battu à la maison avec beaucoup moins de retenue et d'équité que sous l'imperium de M. Roland. C'est pourquoi certains élèves estimaient préférable de tricher quand ils ne connaissaient pas leur leçon, plutôt que d'obtenir une mauvaise note.

Un matin, Pierre eut cette tentation en réalisant qu'il avait oublié d'apprendre sa leçon d'histoire. Or, il était 8 heures et l'école commençait à 8 h 30. Comme son père était un grand adepte de la punition corporelle, Pierre confectionna une antisèche sur un bout de papier qui, une fois plié en huit, tenait sans difficulté dans la paume de la main. Mais il trichait pour la première fois et ses mains tremblèrent tellement que le papier lui échappa, alors qu'il ne restait que six francs sur son compte. M. Roland fut très déçu. Il n'aurait jamais pensé que le fils du docteur puisse être capable d'une telle vilenie.

Après une longue réflexion, M. Roland s'adressa à la classe :

— Que l'élève Pierre Ambroise n'ait jusqu'alors montré ni vice ni perfidie nous incite à être particulièrement sévère aujourd'hui, afin que plus jamais il ne soit tenté de recommencer. Que cela serve de leçon à tous. À l'école de la République, aucune tricherie n'est acceptable, a fortiori dans une période noire de notre histoire où les patriotes doivent se montrer exemplaires face à l'occupant.

Un murmure d'effroi parcourut l'assemblée.

— Élève Ambroise, vous êtes condamné à vingt coups de bâton au bas du dos.

Pierre se sentit défaillir. Ce n'était pas la peur des coups, c'était autre chose.

— Venez, retirez votre blouse et votre chemise, et posez les mains sur le bureau.

Pierre se ressaisit. La honte allait s'abattre sur lui avant même les coups de bâton, mais il devait rester digne. Il s'avança vers le pupitre dans un silence absolu. Il s'apprêtait à ôter sa blouse, la mort dans l'âme, quand Quinze leva le bras.

M. Roland fut surpris. Jamais une exécution n'avait été interrompue.

— Oui, mademoiselle Quinze.

Elle était calme et déterminée.

— Et si je paye avec mon pécule ?

— C'est-à-dire ? Je ne comprends pas.

— Si vous prenez cinquante francs sur mon compte ?

— Vous voulez racheter la punition de Pierre ?

Une clameur de stupéfaction parcourut la classe.

— Oui, Jésus a bien racheté nos fautes. Et dans ces moments difficiles, comme vous l'avez souligné, nous devons nous montrer solidaires.

M. Roland resta bouche bée. L'idée que l'on puisse racheter ses fautes était le fondement de son système, mais il n'avait jamais envisagé qu'un élève puisse racheter les fautes d'un autre. Sur le moment, il ne sut quoi répondre. Il se précipita à droite du tableau, là où était affiché le règlement. Rien n'était prévu à cet effet. Seul le montant de la punition était indiqué en regard de chaque catégorie de faute. Il n'était pas écrit que le fautif doive payer lui-même et rien ne semblait interdire le rachat pour autrui. Avec un peu d'à-propos, il aurait trouvé un argument pour combattre ce vide législatif, mais rien ne lui vint.

Alors il abdiqua.

— Certes, mademoiselle Quinze. C'est très généreux de votre part et Pierre Ambroise a décidément beaucoup de chance.

À la sortie de l'école, elle eut droit à une ovation. Pierre ne savait que faire pour la remercier. Il se sentait piteux. Il avait oublié les charmes de Marguerite et ressentait pour Quinze une bouffée d'amour presque douloureuse. Tandis que les élèves la congratulaient, il restait en retrait, indécis, tremblotant sur ses longues jambes maigres. À plusieurs reprises, Quinze lui jeta un regard appuyé mais Pierre restait immobile, la tête rentrée dans les épaules. Elle comprit qu'elle devait faire le premier pas, comme la première fois, se détacha du groupe qui l'entourait et se planta devant lui. Elle plongea ses yeux dans les siens, le prit par la main devant la foule compacte de ses admirateurs et l'emmena en direction de la place du Tertre. Ils marchèrent en silence. Dans la rue Cortot, elle choisit un porche d'immeuble assez profond, coinça Pierre contre la porte cochère, plaqua son corps contre le sien en tentant de gonfler sa poitrine et l'embrassa. Elle mit la langue avant même qu'il n'y songe.

Ce jour-là, Pierre comprit ce qui l'attirait si puissamment chez Quinze. Et ce qui l'attirait était aussi ce qui le terrifiait : sa volonté de fer, sa capacité de prendre des initiatives et de forcer les événements. Il fallait qu'il se montre digne d'elle, qu'il accepte sa dictature parce qu'il était vain de résister. Quinze n'était plus une princesse : elle était une reine.

Le lendemain, en signe d'allégeance, il demanda à M. Roland de changer de place. Il resta au dernier rang, mais à l'opposé de Marguerite qui lui jeta des regards mauvais toute la matinée.

Quand la cloche annonça la fin des cours, M. Roland pria Pierre de rester un instant.

— Monsieur Ambroise, ce que vous avez fait est incorrect.

— Maître, je vous jure que je ne tricherai plus jamais.

— Je ne parle pas de cela. Un gentleman se devait de refuser l'offre de Quinze. Vous êtes un solide gaillard. Ce ne sont pas vingt coups de bâton qui auraient dû vous faire peur.

— Ce ne sont pas les coups de bâton qui m'ont fait peur.

M. Roland regarda Pierre avec curiosité.

— Montrez-moi votre dos, monsieur Ambroise.

— Oh non, s'il vous plaît, non !

— Ne discutez pas.

Pierre montra son dos. Il était lacéré par les coups de ceinturon de son père.

— Je vois, vous ne vouliez pas que toute la classe le sache. C'est à porter à votre crédit, monsieur Ambroise. Je mets vingt francs sur votre compte. Dès que vous aurez cinquante francs, vous rembourserez Quinze et j'annoncerai ce remboursement à vos camarades. Je compte sur vous pour être exemplaire et avoir de très bonnes notes.

Pierre avait honte. M. Roland devait penser qu'il était un mauvais garçon pour être ainsi puni, et il est vrai que son père ne le frappait jamais sans raison. Mais il frappait trop fort. Sa mère avait tenté plusieurs fois, sans succès, d'adoucir la punition. Raoul Ambroise reproduisait ce qu'il avait subi lui-même étant enfant. Il perpétuait la tradition familiale. Cette sévérité n'empêchait pas Pierre de l'aimer et de l'admirer.

Dans le mois qui suivit, le garçon étudia comme jamais. Il eut pour la première fois la meilleure note en mathématiques et en géographie. Il eut aussi la troisième note en latin. Un vendredi matin, M. Roland annonça aux élèves que Pierre était en mesure de rembourser Quinze.

26

Rue Germain-Pilon, le 5 février 1942

Je suis si meurtrie que Gustave se défie de moi, même s'il sait que je ne suis pas dupe. Est-ce cela le mariage ? Se méfier de l'autre parce qu'elle est une femme ? Se sent-il si fort maintenant, persuadé d'avoir vaincu ses angoisses et ses obsessions, qu'il pense pouvoir se passer de moi ? J'ai imaginé des complots, des réseaux secrets et des destins hors du commun. J'aurais pu être fière de lui s'il m'avait fait confiance. Nous aurions réfléchi ensemble à la manière de limiter les risques. Au lieu de cela, il a décidé seul de nous mettre en danger, de mettre Quinze en danger. Nous serons tous fusillés. Ils brûleront le magasin jaune. Le moindre bruit me fait sursauter. Le jour, je me précipite dans la cour. Au milieu de la nuit, je me lève pour regarder par la fenêtre et je vois des ombres. Et tout cela, parce que Gustave rêve de la mort glorieuse de son père ! Mais j'ai brisé le silence qui l'arrangeait bien. Je lui ai dit que c'était un suicide et qu'il fallait arrêter. Peu importe le destin de la France et du monde. Il y aura toujours des guerres et des massacres.

Il suffit de rester à l'écart. Nous ne sommes obligés de rien. Un jour, les Allemands partiront et le magasin jaune sera toujours là. Il y aura encore des enfants pour jouer et se battre pour de faux. Et Quinze deviendra une belle jeune fille qui fera des enfants à son tour. Ils deviendront les petits princes du magasin jaune, entourés de doux mystères et de tendres secrets. Mais Gustave n'a rien voulu entendre. Soi-disant qu'il n'est plus un vendeur de jouets mais un résistant, même si nous devons le payer de notre vie.

J'ai compris qu'avec lui c'était peine perdue. Alors j'ai résolu de m'attaquer à Socrate par son point faible. Léontine est une mère, tout comme moi. Mais elle savait déjà et était fière de son mari ! Elle s'est mise en colère quand je lui ai parlé de la sécurité de Marguerite. Elle m'a traitée comme une moins que rien, une égoïste qui vend des peluches pendant que les nazis torturent les combattants de la liberté. Mais moi je sais, dans mes tripes, que l'essentiel est de survivre. Rien d'autre ne compte.

27

Quinze avait enfin le droit de participer aux mythiques batailles de charbon, dans l'entrepôt du haut de la rue Germain-Pilon, avec la bande du grand Louis. Jusqu'alors, elle s'était vu opposer un refus catégorique. Elle était une fille et elle était trop jeune. Mais le grand Louis accepta de revoir sa position après la déconfiture infligée à M. Roland.

Le dimanche suivant, elle se rendit au rendez-vous, du côté de la rue des Abbesses. L'entrepôt était inaccessible depuis la rue Germain-Pilon. En raison de son strict rationnement aggravé par la rigueur du dernier hiver, le charbon était de l'or noir défendu par une lourde porte renforcée d'une poutre métallique. L'entrée était inviolable. Du côté donnant sur la rue des Abbesses, en revanche, un soupirail, à deux mètres cinquante du sol, ne fermait plus vraiment depuis que le grand Louis avait glissé un bout de carton dans la gâche. Il suffisait de pousser un bon coup pour qu'il s'ouvre. Pour pénétrer à l'intérieur de l'entrepôt, il fallait être maigrichon, mais après dix-huit mois de tickets de rationnement, de topinambours, lamiers blancs et choux-raves, le grand Louis et sa bande étaient aussi épais que des fils de fer barbelés. Le soupirail se trouvait dans une impasse et n'était pas visible depuis la rue. Un système de guet permettait d'éviter toute mésaventure. Le premier à pénétrer dans les lieux bénéficiait d'une courte échelle collective puis accrochait la corde.

Ce jour là, tous les membres de la bande avaient répondu présents. La venue de Quinze n'y était pas pour rien. Chacun voulait savoir comment elle s'en sortirait. Elle fut un peu gênée que les garçons voient sa culotte lorsqu'elle se saisit de la corde et commença son ascension. Mais à la guerre comme à la guerre ! Elle avait été contrainte de mettre une robe pour ne pas attirer l'attention de ses parents puisqu'elle était supposée se promener vers le Sacré-Cœur avec Léa, mise dans la confidence.

Une fois à l'intérieur, elle eut le souffle coupé. C'était grandiose. Six grands tas de charbon d'au moins huit mètres de haut dominaient des petits tas épars. L'intérieur de l'entrepôt ressemblait aux montagnes du Sinaï dont elle avait vu des images dans sa Bible illustrée.

— Une équipe de six et une équipe de sept ! lança le grand Louis, qui se mit à écrire leurs noms sur des bouts de papier.

— À toi l'honneur, Quinze. À chaque fois que je prends un papier, tu dis « équipe un » ou « équipe deux ».

Quinze fut déçue. Elle était dans l'équipe deux avec Jacques, Alphonse, Charles, Léon, Armand et Édouard, alors que Pierre était dans l'équipe adverse, composée du grand Louis, du p'tit Louis, de Victor, de Paul et d'Edmond. Le grand Louis remplit deux autres papiers avec sur chacun un numéro d'équipe. Il les tendit à Quinze.

— Tu en choisis un et l'équipe tirée au sort sera l'équipe des Frisés. L'autre, celle des résistants.

Elle pria très fort. Pierre lui avait raconté que l'équipe des Frisés perdait souvent, par manque de motivation.

— Équipe un ! cria-t-elle après avoir déplié le morceau de papier.

Les membres de son équipe vinrent immédiatement la féliciter. Dans l'équipe un, les garçons prirent la mauvaise nouvelle avec philosophie, à l'exception du p'tit Louis. Il détestait l'idée de jouer à la guerre avec une fille, et il se retrouvait dans le camp des Allemands par sa faute.

Le grand Louis rappela les règles. Si l'on était touché aux bras ou aux jambes à deux reprises, on était mort. Si l'on était touché, même une seule fois, à hauteur du buste, on était mort. En revanche il était interdit de viser la tête. Celui qui touchait un adversaire à la tête était mort. Les morts, sitôt morts, ne devaient plus bouger ni parler. Chaque équipe devait choisir un tas de charbon pour en faire son quartier général. Si un joueur parvenait en haut du quartier général ennemi, il donnait la victoire à son équipe, quel que soit le nombre de survivants de part et d'autre.

L'équipe de Quinze prit Jacques pour chef. À quatorze ans, il était le plus âgé et le plus expérimenté. Le sang, en outre, ne lui faisait pas peur. Il n'était pas le fils du boucher pour rien. Il décida de rester au quartier général avec Alphonse, un petit de douze ans, et demanda à Quinze et Charles de rejoindre un tas de charbon en contrebas du quartier général ennemi. La même manœuvre devait être effectuée du côté droit par Léon et Armand. Quant à Édouard, il devait rester en réserve à l'arrière du quartier général.

L'équipe allemande était dirigée par le grand Louis qui se doutait bien que Jacques opterait pour une stratégie en tenailles parce qu'il avait déjà agi ainsi trois mois auparavant. L'équipe de Jacques avait alors gagné, mais cette victoire tenait du miracle. Il fallait être plus téméraire que courageux pour se positionner derrière les petits tas de charbon, en contrebas des grandes montagnes. Le succès d'une telle entreprise dépendait de la rapidité d'action. Si l'on se retrouvait bloqué dans cette position, il était impossible de viser avec force à moins de se mettre à découvert, alors que du haut des montagnes de charbon, on pouvait ajuster ses tirs. C'est pourquoi il fallait conquérir les hauteurs à tout prix. Le grand Louis décida que le p'tit Louis devrait rejoindre la montagne à gauche de leur quartier général et Victor celle se trouvant à droite. Pierre, Paul et Edmond auraient un objectif plus lointain et dangereux : la montagne du fond de l'entrepôt, derrière les lignes adverses. Pierre prendrait à droite du quartier général ennemi et les autres à gauche. Les pertes seraient sans doute importantes, mais si un seul d'entre eux y parvenait, la guerre serait gagnée.

Au coup de sifflet du grand Louis, Quinze dévala sur les fesses la montagne de charbon, suivie de près par Charles. Elle entendait déjà le crépitement des morceaux de charbon qui rebondissaient autour d'elle. Pierre parvint à contourner les lignes adverses avant que Léon et Armand ne prennent position derrière le petit monticule, au bas de leur quartier général. Il tomba en revanche nez à nez avec Édouard qui, en sa qualité de réserve, ne s'attendait pas à être mis à contribution si vite. Pierre l'atteignit au bras droit mais Édouard pivota et lui lança un projectile sur la cuisse droite. Au même moment, Pierre le visa de nouveau. Cette fois, Édouard fut touché à l'épaule gauche. Il s'écroula. Pierre, touché à une seule reprise, se réfugia derrière la montagne du fond de l'entrepôt. Il avait réussi sa mission mais était blessé. S'il était atteint une nouvelle fois, c'en était fini de lui.

Du côté gauche, Paul et Edmond se gênèrent dans la descente. À l'arrivée, Edmond trébucha. Devant Paul, Quinze et Charles venaient de prendre position. Il hésita, puis entreprit de porter secours à Edmond mais reçut un gros morceau de charbon dans le dos, tiré par Quinze. Il s'écroula sur son compagnon d'infortune. Il y eut un moment de flottement chez les Allemands, causé par le coup de maître de Quinze. Du haut de sa montagne, cinq mètres au-dessus, le grand Louis réfléchissait. Pour aider Edmond, il devait changer ses plans. Dès qu'Edmond se dégagerait du corps de Paul, il serait immanquablement touché par Quinze et Charles. La seule solution était de concentrer tous les tirs en leur direction, le temps qu'Edmond s'extraie. Le grand Louis pointa du bras la position de Quinze et Charles. Louis et Victor comprirent la manœuvre. Quand le grand Louis abaissa son bras, un tir croisé et nourri s'écrasa sur le petit monticule qui protégeait tant bien que mal Quinze et Charles.

— Ils nous tirent dessus pour laisser le temps à Edmond de s'extirper ! fit Charles. Il faut les en empêcher !

Quinze n'eut pas le temps de le retenir. Il s'était déjà levé en hurlant des imprécations, charbon en main. Il toucha mortellement Edmond qui s'était enfin dégagé du corps de Paul, mais reçut un projectile sur le bras et un autre en plein dans les parties. Plié en deux par la douleur, en pleurs, il demanda au grand Louis :

— Les parties, c'est le buste ou c'est un membre ?

— C'est le buste. T'es mort.

Il s'écroula aussitôt.

La situation des Allemands semblait désespérée, mais Pierre, pendant ce temps, avait gravi la montagne du fond du hangar, derrière le quartier général des résistants. Alphonse et Jacques, occupés à canarder Edmond caché derrière le corps de Paul, avaient oublié le contournement de leur ligne. Pierre prit tout son temps pour ajuster son tir et atteignit Alphonse au milieu du dos. Son cadavre dévala la montagne. Jacques se précipita vers l'autre versant de son quartier général mais se trouva sous les feux croisés de Victor et du grand Louis. Il fut atteint au mollet et à la fesse puis glissa péniblement jusqu'en bas.

— Leur quartier général est sans protection ! cria le grand Louis.

Léon et Armand tombèrent dans le piège. Ils quittèrent leur abri dans le but d'atteindre le quartier général au plus vite. Le grand Louis n'attendait que cela. Il toucha Léon mortellement sur le bas de l'omoplate. Armand eut plus de chance. Atteint par Victor au tibia, il parvint à rejoindre son monticule en boitillant. Il y eut alors un grand silence.

— Je suis touché, cria Armand à l'intention de Quinze. On n'est plus que deux. Il faut se rendre.

— Se rendre, jamais ! répondit-elle.

— Pierre, tu peux y aller, il n'y a plus personne dans leur quartier général, cria le grand Louis.

Quinze se décida. Elle sortit de son abri et se mit à gravir son quartier général avec l'énergie du désespoir. Elle devait parvenir au sommet avant Pierre. Mais elle était à découvert. C'était une mission suicide. Au début, estomaqués par son courage, ils n'osèrent pas tirer. Le grand Louis, admiratif, donna finalement l'ordre, presque à regret :

— Feu général !

Les morceaux de charbon s'écrasèrent sur la montagne. Quinze se retourna pour faire face à la mort. Ce fut une mauvaise idée. Elle reçut un morceau de charbon en plein visage, lancé par le p'tit Louis avec force, et fit un roulé-boulé jusqu'au bas de la montagne. Le coup avait été rude. Les garçons s'approchèrent d'elle, hésitants. Même les morts se relevèrent inquiets. Quinze était assise. Elle avait une grosse bosse au milieu du front. Elle essayait de retenir ses larmes mais c'était trop difficile. Pierre, en sa qualité d'amoureux officiel, vint la réconforter en s'asseyant à côté d'elle et en lui caressant le dos. Le grand Louis jeta un regard mauvais au p'tit Louis :

— Non seulement t'es mort, mais en plus t'es con.

28

Aaron Berstein mit en vente son commerce à la fin du mois de février 1942. Il eut des propositions si absurdes qu'il renonça vite. Personne n'achèterait au juste prix un magasin quasiment vide à un juif aux abois.

Plus bas dans la rue, une file d'attente impressionnante ponctuait les livraisons de la boucherie, de la boulangerie et de l'épicerie. Yvette Montreuil, la bouchère, et Jacqueline Fouret, la boulangère, dont les maris étaient prisonniers, avaient changé de statut. Elles n'étaient plus des « femmes de », mais des commerçantes à part entière particulièrement cajolées.

Le Coup du rouquin était plus que jamais le point de ralliement. Même si le vin était rationné, la convivialité demeurait la marque des lieux. Et chacun venait écouter Socrate. Celui-ci, toutefois, partit trois semaines en prison. Il avait en effet perdu son sang-froid quand des policiers français, qu'il connaissait pourtant bien, étaient venus saisir son comptoir en zinc en vertu d'un ordre de réquisition. Il avait hurlé que jamais les Boches n'auraient son comptoir, puis avait soulevé la lourde plaque et l'avait jetée sur les policiers. L'un d'eux eut trois côtes fracturées. À sa sortie de prison, Socrate découvrit que son épouse avait installé une planche en chêne qui, dut-il admettre, avait de l'allure.

De l'autre côté de la rue, en face du bistrot, le docteur avait repris des couleurs. Depuis le retour d'un bon nombre de ses collègues démobilisés, Raoul Ambroise soufflait un peu. Il reprenait goût à la vie et en particulier aux conquêtes féminines. La gestion de son emploi du temps restait toutefois compliquée. Il n'avait pas obtenu d'autorisation de conduire et sa belle Torpedo se morfondait au garage en attendant la fin de la guerre. De toute façon, il n'aurait jamais trouvé assez d'essence pour faire sa tournée. Quant aux transports en commun, ils laissaient de plus en plus à désirer. Les bus avaient quasiment disparu et le métro était bondé en permanence, d'autant que la première classe était réservée aux soldats de la Wehrmacht. La plupart du temps, le docteur était donc contraint de faire sa tournée à bicyclette. Avant guerre, il aurait considéré cet exercice physique quotidien comme un moindre mal, mais les médecins avaient été classés sans vergogne dans la catégorie de rationnement A, celle des travailleurs ayant besoin d'un nombre quotidien de calories infiniment moindre que les prétendus travailleurs de force de la classe T. C'était là une image obsolète, celle du médecin bedonnant. En vérité, Raoul Ambroise pédalait plus qu'il ne soignait, mais de cela les autorités n'avaient cure. Pire encore, si ses clients se trouvaient tous dans un rayon de deux kilomètres, ses maîtresses étaient bien plus éloignées. Avec le ventre vide, remonter en selle pour rejoindre l'une d'elles à la fin d'une dure journée de travail était un calvaire.

À son corps défendant, il dut faire des choix. En temps de guerre, les sacrifices sont inévitables. Il renonça en premier lieu à ses maîtresses les moins attirantes et les plus éloignées, puis dut se résoudre, la mort dans l'âme, à sacrifier également quelques proies de choix trop excentrées. Il conserva néanmoins une maîtresse extra-muros. Francine n'était pas spécialement jolie. Elle habitait Boulogne-Billancourt, dans un vaste appartement situé juste derrière les usines Renault. Depuis son balcon, l'on pouvait voir l'île Seguin et la Seine. En toute logique, elle aurait dû être rayée de la liste parmi les premières. Lui faire l'amour était en soi une épreuve sportive redoutable, et il fallait ensuite enfourcher le vélo pour rentrer à la maison à une bonne dizaine de kilomètres de là, trajet qui s'achevait par une montée harassante.

Francine, cependant, présentait plusieurs avantages. D'une part, son appétit sexuel démesuré et son ardeur à la tâche forçaient l'admiration d'un aussi fin connaisseur que le docteur. D'autre part, son mari était prisonnier de guerre et ne risquait pas de rentrer de sitôt. Enfin et surtout, elle fricotait également avec un officier supérieur allemand, un Oberstleutnant nommé Otto Schnabel, trop bien éduqué pour venir à l'improviste, ce qui permettait à Raoul Ambroise de se donner bonne conscience sans risque. Il ne couchait pas avec la femme d'un prisonnier de guerre français mais trompait un colonel allemand qui lui-même faisait cocu un prisonnier de guerre français. En somme, fréquenter Francine était un acte de patriotisme. De plus, la collaboration horizontale de Francine lui valait des menus présents et surtout de quoi boire et manger. L'Oberstleutnant faisait les choses en grand : champagne à volonté, charcuterie, fromage et petits-fours. Elle ne manquait de rien. Elle avait même trop de tout, ce qui lui posait des problèmes de conscience puisque les Parisiens crevaient de faim. Elle avait d'ailleurs tenté de convaincre à plusieurs reprises Otto Schnabel de ne pas la gaver comme une oie, mais celui-ci aimait les femmes dodues. Francine fit part de son désarroi à Raoul Ambroise :

— Tu comprends, si l'Occupation dure trop longtemps, je vais prendre cinq kilos.

Le docteur pensa à tous ses malades qui venaient lui quémander un certificat pour obtenir un ticket de bois, de charbon ou de viande. En sa qualité de médecin, il pouvait, à condition de le faire au compte-gouttes, délivrer une ordonnance afin que les plus mal en point obtiennent une ration de nourriture ou de chaleur supplémentaire.

— Si j'étais toi, j'en profiterais. Ce qui est pris est pris, et tu ne sais pas ce que tu mangeras demain.

Le docteur appliquait scrupuleusement sa propre maxime. Il mangeait et buvait à s'en faire crever la panse quand il rendait visite à Francine. Toutefois, en bon mari, il rapportait toujours à son épouse un morceau de viande ou de fromage. Il revenait, disait-il, d'une consultation approfondie à domicile que le client avait payée en nature, ce qui était rigoureusement exact et expliquait l'heure tardive. Avant guerre, son épouse lui aurait fait des scènes mémorables, mais dans ces temps difficiles elle avait bien trop faim pour gaspiller son énergie. L'Occupation avait cette vertu inattendue de recentrer les gens sur l'essentiel : manger et rester en vie. Raoul Ambroise, moins binaire, croyait en la Sainte-Trinité : survie, nourriture et sexe. C'est pourquoi, le 3 mars 1942, il enfourcha une fois de plus sa bicyclette en fin de tournée pour rejoindre Francine et ses plats en sauce.

C'était une très belle nuit et les jours commençaient à allonger. La lune était pleine. Le docteur avait pédalé sans efforts, avec le vent dans le dos. Il se sentait en forme et prêt à toutes les prouesses. Francine était dans le même état d'esprit et lui sauta dessus dès son arrivée. Il mit tant de vigueur à la satisfaire qu'il fut assoiffé une fois sa mission remplie. Il se leva et tituba vers la cuisine pour aller chercher deux verres en cristal et une bonne bouteille de Bourgogne. Un morceau de papier posé sur la table du salon attira son attention. C'était un tract des Anglais. Raoul Ambroise le lut et en fut fortement contrarié.

— Francine, c'est quoi cette histoire de bombardement ?

— La RAF. Les Anglais ont balancé ces tracts au-dessus de Billancourt pour nous prévenir qu'ils allaient bombarder. Mais rassure-toi, cela concerne les gens qui vivent près d'un site industriel.

Francine avait répondu sans réfléchir, comme à son habitude.

— Et à ton avis, où vis-tu ?

— Que veux-tu dire, mon chéri ?

— Les usines Renault, ça ne te dit vraiment rien ?

— Ah oui, ça. Mais pourquoi voudrais-tu que les Anglais bombardent une usine d'automobiles ? De toute façon, il n'y a plus d'essence.

Francine avait le don de surprendre Raoul Ambroise par sa fantaisie sexuelle et sa bêtise. L'un dans l'autre, il estimait être gagnant, mais cette fois il eut un pressentiment désagréable et se mit à chercher son pantalon. Où avait-il bien pu le mettre ? Son regard fit le tour de la pièce et se figea sur la fenêtre. Dehors, malgré la pleine lune, des traînées lumineuses éclairaient le ciel.

— Oh, c'est joli. On dirait des étoiles filantes, dit Francine.

— Tu parles, ce sont des fusées éclairantes ! hurla le docteur. Merde, il est où ce futal ?

Au même instant, une sirène déchira la nuit. L'alerte était donnée, mais c'était trop tard. Les premières explosions retentirent. Elles étaient si proches que les vitres éclatèrent tandis que Raoul Ambroise cherchait désespérément son pantalon sous le lit et que Francine criait comme une possédée. Une bombe d'une tonne cinq manqua de peu l'atelier d'assemblage du troisième étage du bâtiment B des usines Renault et finit sa course sous l'appartement de Francine.

La rue Germain-Pilon devait aux Anglais sa première victime. « Le hasard n'est bien souvent que le fruit de la volonté des autres », conclut Socrate à l'annonce de la mort du docteur, avant de lever son verre à la mémoire d'un homme que d'autres auraient voulu tuer de leurs propres mains.

Si certains habitants du quartier ne regrettaient pas sa disparition, tous avaient de la compassion pour sa veuve et son fils, même si Jeanne Ambroise ne pleura pas son mari très longtemps. L'argent ne rentrerait plus mais il lui avait laissé un bon pécule, de quoi attendre la fin de la guerre. Pierre, lui, fut inconsolable. Il oublia les coups de ceinturon et ne garda en mémoire que les bons moments.

La mort du docteur fut bientôt supplantée par une série d'événements qui allaient troubler durablement la vie de la rue Germain-Pilon. Tout commença, fin mai 1942, par une étoile jaune que les membres de la famille Berstein furent contraints de porter. Aaron, comme à son habitude, avait obéi à la loi et s'était présenté au commissariat. Il en était ressorti avec trois étoiles jaunes par personne, sauf pour le petit dernier qui était exempté parce qu'il avait moins de six ans. Il essaya sans succès de négocier le prix, car le lot de trois étoiles coûtait un ticket de rationnement de tissu, ce qui était un comble pour ce marchand qui aurait pu les fabriquer lui-même. Chez les Berstein, l'ambiance fut électrique. Batya, qui soignait sa toilette et avait une garde-robe conséquente, était bien en peine de choisir sur quels vêtements coudre les trois malheureuses étoiles. Léa, pour sa part, refusa de porter le signe distinctif. Il fallut que son père se fâche pour de bon. Quand Quinze la vit pour la première fois avec une étoile jaune à l'emplacement du cœur, elle fut bouleversée. Le soir, au dîner, elle questionna ses parents :

— Vous trouvez logique cette histoire d'étoile jaune ? Non mais franchement ! On nous explique d'abord que n'importe qui peut reconnaître un juif au premier coup d'œil, et ensuite on leur fait porter un signe distinctif pour être certain de pouvoir les reconnaître. C'est n'importe quoi !

Valentine et Gustave ne trouvaient pas cela logique du tout, mais ils étaient entrés de plain-pied dans une autre sorte de logique, celle de l'impuissance. Dégoûtée par la résignation des adultes, Quinze décida de réunir sa bande, sauf le p'tit Louis dont les parents étaient pétainistes. Tous adoptèrent son plan sans hésiter. Ils passeraient à l'offensive le 15 juin 1942.

29

Dans le magasin jaune, à travers la vitrine, les jouets assistent à un drôle de spectacle.

Dans la cour, sous le grand chêne, une armée s'est levée contre l'injustice, contre ceux qui transforment l'eau en boue, le vent en tornade, le feu en instrument de mort, le jaune de lumière en jaune d'infamie.

Mais l'armée du magasin jaune devra aussi lutter contre ceux qui, sans en inverser le sens, inventent l'ambivalence du jaune, et donnent à cette couleur des teintes de renoncement et de lâcheté, alors qu'elle n'était qu'éclat, résistance et bravoure.

*

Les feuilles du chêne se dessinaient sur la façade brillante du magasin jaune. Avec le vent, elles ressemblaient à des ombres chinoises en mouvement.

Dans la cour, toute la bande était rassemblée. Quinze prit la parole :

— Nous sommes réunis pour faire le serment du magasin jaune. À son image, nous refusons solennellement la violence et la haine. Nous choisissons la lumière. Nous jurons de repeindre le monde en jaune. Nous allons résister. Nous aurons la résistance des jouets, le sourire figé des poupées Petitcollin, le regard imperturbable d'Arlequin sous son masque. Et maintenant, que chacun prête serment sur l'âme du magasin jaune !

Tour à tour, les enfants prêtèrent serment. Quinze leur accrocha sur le cœur, avec une épingle à nourrice, une étoile jaune en carton. Et ils passèrent à l'action. Ils se montrèrent partout, dans les rues, à l'église, dans les commerces et même au commissariat. Ils se réunirent devant le poste fixe allemand de la place Pigalle, toisant du regard les soldats avant de déguerpir quand un sous-officier s'approcha.

La nouvelle de la fronde des étoiles en carton se répandit dans tout le quartier. Au milieu de la bande, Léa était émue et fière, fière avant tout de son amie, la princesse du magasin jaune.

Mais le lendemain, les policiers firent du porte-à-porte, mettant en garde les parents des frondeurs. Cette histoire tournerait mal. Ce n'était pas un jeu et les Allemands étaient d'un naturel susceptible. Gustave les regarda avec mépris et ressentit une immense fierté pour sa fille.

Sous la pression de plusieurs parents inquiets, une réunion de crise fut organisée au Coup du rouquin deux jours après le début de la fronde. Les adultes, admiratifs du culot de leur progéniture, décidèrent néanmoins que la prudence devait l'emporter, et chacun s'engagea à faire respecter la décision de la majorité. Socrate et Gustave se rangèrent du côté des putschistes. Ils proposèrent que les parents suivent l'exemple salutaire de leurs enfants et qu'eux aussi mettent à leur boutonnière, contre Goliath, une légion d'honneur en forme d'étoile de David. Si tout le monde portait l'étoile jaune, il serait impossible de distinguer les juifs des autres. C'était une idée aussi lumineuse que le magasin jaune, mais la peur l'emporta et elle ne fut pas retenue.

De tous les enfants du quartier, Quinze fut la dernière à céder. Pendant trois jours encore, elle arbora le simulacre d'étoile jaune. Elle fut privée de dessert, de sortie, et enfermée dans sa chambre, puis finit par rendre les armes, son crayon jaune et son morceau de carton. Valentine et Gustave étaient malheureux, dépassés. Jamais ils n'avaient été aussi fiers de leur fille et jamais ils n'avaient été contraints d'être aussi injustes envers elle. Alors que Quinze s'était résignée à déposer sa couronne de princesse frondeuse, Valentine vit un matin le petit Amos Berstein, huit ans à peine, celui-là même qui avait annoncé le retour de l'ogre et du papa de la princesse, ouvrir de grands yeux émerveillés devant la devanture. Une étoile jaune d'enfant se reflétait dans la vitrine du magasin jaune.

Quinze était terriblement déçue par ses parents, et surtout par son père. Il n'était plus le géant tout-puissant de son enfance. Elle en voulait au monde entier, mais le monde entier se rétrécissait. La rue Germain-Pilon devenait toute petite, encerclée de toutes parts. Léa était en sursis, Quinze le sentait. Elle ne put même pas l'accompagner au cinéma pour la première de *L'Ange gardien*, parce que les juifs n'avaient plus le droit d'entrer dans les salles de spectacle. Un sentiment d'injustice dévorait Quinze. Les gens avaient faim et froid. C'était leur seule préoccupation. Le reste ne comptait plus. Pour sa part, elle se moquait bien de manger du topinambour matin, midi et soir. Même les jouets de la réserve, pour la première fois, la laissaient indifférente. Elle aurait voulu tout casser pour pouvoir tout reconstruire. Mais les adultes étaient résignés et immobiles, à l'exception de M. Roland et du curé Rivière. Le premier refusa que les élèves portent une étoile jaune sur leur tablier. Des parents avaient cru bien faire. Le second suscita la polémique par un prêche du dimanche particulièrement audacieux, peu après l'apparition de l'étoile jaune, sur l'égalité des races devant le Tout-Puissant.

Rue Germain-Pilon, le 20 mars 1942

Je n'ai ni le courage ni l'inconscience de Gustave. J'ai bien vu le regard de mépris de Léontine. Comme si vouloir sauver mon mari et ma fille faisait de moi une traîtresse. Mais je sais que j'ai raison. Ce qu'ils font ne sert à rien. La résistance ne sert à rien. Ou plutôt elle sert aux résistants à se prouver leur valeur. À chaque fois qu'un Allemand est tué, des otages sont exécutés. Ont-ils pensé à eux ? Leur ont-ils demandé leur avis ? Quand les Allemands brûleront le magasin jaune, la France sera-t-elle plus libre ? Je me moque bien qu'elle reste occupée, pourvu que personne ne touche un cheveu de Quinze. Mon rôle est de protéger ma fille, pas de sauver le monde. Alors je vais faire quelque chose que Gustave ne me pardonnera jamais. Quand le commandant viendra récupérer son ours en peluche sur cadre métallique avec des roues en bois, je serai là et je vais lui dire de nous laisser tranquilles. Ça m'étonnerait qu'après ça il fasse encore appel à Gustave.

La jeune femme, celle qui était déjà venue récupérer des commandes, entra dans la boutique avec une expression de détresse sur le visage. Elle se dirigea vers l'atelier en faisant signe à Valentine de la suivre. Gustave ne s'attendait pas à sa visite si tôt. Il n'avait pas achevé son travail sur l'ours en peluche.

— C'est terminé, dit-elle, les Allemands ont découvert les quilles évidées remplies d'un bâton de dynamite et les trois pistolets-mitrailleurs dans le cheval à roulettes. Le commandant a été tué et Socrate est aux mains de la Gestapo. Vous devez partir le plus vite possible. Si Socrate parle, vous êtes perdus.

La jeune femme ne resta pas un instant de plus. Avant de quitter les lieux, elle se retourna et ajouta qu'elle était désolée.

Gustave et Valentine se regardèrent sans rien dire. Cela devait arriver. C'était arrivé. Et maintenant,

Valentine avait un choix à faire. Soit elle pardonnait et ils cherchaient ensemble la meilleure solution, soit elle s'enfermait dans des récriminations inutiles. Elle ne fit aucune critique et prit la main de Gustave dans la sienne. Ensemble, ils évaluèrent les possibilités. Elles n'étaient pas nombreuses et présentaient toutes des dangers potentiels. S'ils s'en allaient, ils ne pourraient jamais revenir. La fuite était un aveu. S'ils restaient, ils mettaient Quinze en danger. La mort dans l'âme, Valentine accepta la proposition de Gustave. Elle partirait avec leur fille le temps nécessaire et Gustave resterait au magasin.

Leur décision prise, ils traversèrent la rue pour parler à Léontine. Ils trouvèrent le bistrot fermé. Elle était absente. Lorsque Quinze rentra de l'école, ils lui demandèrent si elle avait vu Marguerite. Elle ne l'avait pas vue. Ils lui expliquèrent la situation mais Quinze eut bien du mal à se résoudre à quitter son père alors que les Allemands pouvaient l'arrêter à tout instant. Même le magasin jaune n'en valait pas la peine. Gustave la rassura. Socrate ne parlerait jamais. Il était plus fort qu'eux. Restait à trouver quelqu'un pour accueillir Valentine et Quinze, un endroit où personne ne les chercherait. Quinze pensa tout de suite aux Berstein, à cause de son amie Léa. Gustave trouva d'abord l'idée absurde, mais en y réfléchissant bien, se cacher chez un juif était tellement aberrant que personne ne pourrait y songer.

Aaron Berstein fut surpris, puis honoré. Valentine et Quinze étaient les bienvenues. Elles pouvaient rester tout le temps nécessaire. Léa fut ravie d'accueillir Quinze dans sa chambre, tandis que Valentine, un peu gênée, fut installée dans celle de Déborah et Elsa, contraintes de partager la chambre d'Elias et de Gamaliel.

32

Socrate était coriace. Même l'officier de la Gestapo n'avait rien vu de tel. Quand on voulut le suspendre selon la méthode habituelle, les bras attachés dans le dos, la poulie ne résista pas au poids. Quand on lui plongea la tête dans la baignoire, il fit l'inverse de ce que faisaient les autres : au lieu de retenir sa respiration, il ouvrit la bouche pour se remplir les poumons d'eau glacée. Il ne luttait pas contre la noyade, il essayait de se noyer. Les bourreaux, tous français, se mirent à trois, sous le regard insatisfait de l'officier allemand, pour tenter d'obtenir des résultats par une méthode plus rudimentaire. Socrate fut entièrement déshabillé et frappé à coups de nerfs de bœuf sur l'ensemble du corps, y compris les parties génitales. Quand les coups cessèrent de pleuvoir, l'un d'eux s'approcha et lui dit à l'oreille, très doucement, que ce n'était qu'un début. Puis

Socrate fut laissé seul, nu sur le sol en ciment, pendant plusieurs heures.

Il ne bougea pas. Chaque geste aurait été une souffrance de plus. Il réalisa qu'on ne lui avait posé aucune question, comme si la torture était une fin en soi et non une méthode. Maintenant que les coups avaient cessé, il avait peur. Il n'avait pas eu peur pendant, envahi qu'il était par la douleur, mais le souvenir de la violence le terrifiait. Car elle reviendrait. Il le savait. Et ce serait pire. Il n'existait aucune philosophie contre la douleur physique. À quoi servait la philosophie si elle ne pouvait l'aider au moment où il en avait tant besoin ? L'on pouvait philosopher sur tout, la vie, l'amour, la vieillesse, la mort, mais quelle sagesse pouvait empêcher d'avoir mal ? Quelle réflexion pouvait apaiser la peur panique de la douleur à venir ? Dans un instant, Socrate entendrait des pas, des voix, des rires. Ce seraient eux.

Il ferma les yeux. Il ne voulait pas voir ce qu'ils préparaient. Il les entendait s'affairer. Une nouvelle torture était en préparation. Il ne s'était jamais demandé où se trouvait son point de rupture. Aucun homme ne se pose cette question à moins d'y être contraint, mais chaque homme en a un. À un moment donné, on cède. C'est obligé. Il sentit un pincement sur le lobe de l'oreille droite, puis un autre sur celui de l'oreille gauche. Il se força à ne pas ouvrir les yeux. Il pouvait au moins se tenir à cette résolution. C'était une petite victoire. Mais quand le courant électrique traversa son cerveau, il les ouvrit bien grands. Il ne pouvait pas faire autrement. Il ne put pas davantage s'empêcher de crier. Puis on lui enfonça quelque chose dans l'anus et il ressentit le même pincement qu'auparavant sur sa verge. Des larmes lui vinrent aux yeux quand il comprit ce qui allait suivre.

Le supplice dura deux bonnes heures. Lorsqu'il réalisa que son corps avait tellement souffert qu'il ne ressentait plus rien, Socrate fut soulagé. Quoi qu'on lui fasse, il ne pouvait plus souffrir. C'était une découverte et une délivrance. Les bourreaux le savaient aussi. Ils savaient repérer les signes. Alors ils s'arrêtaient pour laisser le corps se reposer et la capacité de souffrir se reconstituer. Ils savaient également que la torture de l'esprit commençait quand celle du corps s'achevait. Seuls avec eux-mêmes, les suppliciés avaient le temps de penser aux souffrances infinies à venir. D'ailleurs, ils parlaient toujours entre deux séances de torture, jamais au milieu de l'une d'elles. Il était inutile de leur poser des questions en pleine action.

Les questions, c'était le travail de l'officier de la Gestapo. Il s'assit sur une chaise, devant le corps nu de Socrate, et lui demanda si une nouvelle séance était nécessaire. Le colosse ne répondit pas. L'officier soupira et quitta la pièce en laissant ses sbires français remplir leur office. Cette fois-ci, ils placèrent des morceaux de coton imbibés d'essence entre les orteils de Socrate. La souffrance fut si forte qu'il s'évanouit pour la première fois. Il fut réveillé à coups de nerfs de bœuf. La bastonnade reprit de plus belle. Aucun morceau de chair ne fut épargné, pas même les orteils brûlés.

33

Sans Valentine pour les toiletter et leur parler,
les jouets semblaient bien tristes dans le magasin
jaune. Gustave travaillait dans son atelier et aucun
client ne franchissait la porte. La cloche ne tintait
plus. La rue Germain-Pilon retenait son souffle. Le
Coup du rouquin était fermé. À l'église Saint-Jean-
de-Montmartre, l'on priait beaucoup pour Socrate,
mais aussi pour le magasin jaune. Comment savoir
quand l'orage serait passé ? Combien de jours
Socrate tiendrait-il ? Gustave ne cessait de penser
à lui. Son ami, s'il n'était déjà mort, souffrait le
martyre quelque part dans Paris. Gustave était
impuissant et cette impuissance était insupportable. Quand il s'était enfoncé dans la déprime, son
compagnon avait été là. Il avait été là aussi pour
le porter sur son dos et lui sauver la vie : lorsqu'il
avait ouvert les yeux dans un hôpital de fortune,
le crâne chauve aux sourcils épais était la première

chose qu'il avait vue. Par la suite, c'était Socrate, encore, qui l'avait réconforté en lui assurant que l'on pouvait vivre avec un seul bras et que, de plus, on n'usait qu'un gant sur deux. Gustave sourit en se rappelant de quelle façon son ami avait tenté de convaincre l'adjudant Payon que la guerre prouvait le manque d'imagination des hommes.

Valentine, pour sa part, ne pensait pas à Socrate. Elle pensait à Gustave et au magasin jaune. Dire qu'elle s'était sentie prisonnière de l'un et de l'autre ! Alors qu'elle risquait de les perdre, elle comprenait à quel point ils lui étaient indispensables. Elle pensait aussi à Léontine et Marguerite. Où avaient-elles pu se cacher ? Peut-être étaient-elles déjà loin de Paris ?

34

L'officier allemand estima qu'il avait perdu trop de temps avec Socrate. Même les brûlures de cigarette semblaient le laisser indifférent. Il gémissait à peine. Il observa avec un peu de compassion cette masse imposante de muscles tendus, d'os brisés et de chair meurtrie sur le sol glacé. Certains résistants l'étaient trop. Ils n'avaient pas la chance de mourir rapidement sous la torture. Socrate faisait partie de ceux-là. Il était increvable. L'officier sourit. Tout cela pour rien. Il savait qu'il gagnait toujours, sauf quand une mort trop rapide gâchait son travail. Il vit que Socrate le regardait. C'était l'heure du coup de grâce.

— Comment allez-vous ce matin ? Mal, j'imagine. Rassurez-vous, on ne vous touchera plus. Par contre, j'ai une mauvaise nouvelle. Votre femme est décédée. Je vous présente mes condoléances. En fait, ça fait bien huit jours qu'elle est morte.

Elle est morte tout de suite, pour ainsi dire. Elle n'était pas très résistante. Rien à voir avec vous.

Socrate resta silencieux. Il fixait cet homme en uniforme, assis sur sa chaise en bois, qui avait détruit sa vie. Entre les séances de torture, il avait tout imaginé, le pire comme le meilleur. Finalement, c'était le pire. Ou bien était-il à venir ?

— Je ne suis pas certain que votre fille soit beaucoup plus solide. Enfin, on va bien voir.

Socrate émit un rugissement qui surprit l'officier. Il tenta même de se redresser mais les os de ses bras étaient brisés et il retomba lourdement. Pour la première fois, l'officier vit de la peur dans le regard de sa victime. Il appela. La porte s'ouvrit. Deux hommes poussèrent Marguerite devant eux. Elle avait les mains nouées derrière le dos et ne put retenir sa chute. Elle tomba face contre terre à deux mètres à peine de son père. Un homme la releva aussitôt en la tirant par les cheveux, et la força à se mettre à genoux devant l'officier de la Gestapo. Marguerite était terrorisée. Elle tremblait de tout son corps et pleurait en faisant des bruits d'animal blessé. Elle tourna son visage vers son père :

— Papa, papa, je t'en supplie. J'ai si peur. Ne leur laisse pas me faire du mal.

Fermer les yeux. Ne penser à rien. Oui, mais comment faire pour ne pas entendre ? Pas une seule seconde pendant tous ces jours et toutes ces nuits l'idée de dénoncer le magasin jaune n'avait traversé l'esprit de Socrate. Il s'était demandé comment se donner la mort, comment souffrir un peu moins, comment dompter sa peur, mais rien d'autre. À cet instant, il comprit qu'il avait atteint son point de rupture.

— Vous n'êtes que des enfants qui jouent à la guerre, avec vos ours en peluche remplis de cartouches, vos quilles-bâtons de dynamites, vos chevaux de Troie à roulettes transformés en chars d'assaut. Il y avait de l'imagination là-dedans, je reconnais. Et même un peu de poésie. Vous aimez la poésie ? Ah, Goethe, Schiller ! Rien à voir avec vos poètes homosexuels.

Socrate rouvrit les yeux. Il regarda Marguerite. Elle ressemblait tellement à sa mère. Puis il fit ce que jamais il n'aurait imaginé faire.

Une heure plus tard, au milieu de l'après-midi, les soldats envahirent le magasin. Il y en avait partout. Certains avec des baïonnettes, d'autres avec des masses ou des scies. Les jouets les plus volumineux furent les premières victimes du massacre. Méthodiquement, les poupées furent éventrées, leurs yeux arrachés, les peluches déchirées et vidées, les chevaux à bascule sciés en deux. Les têtes de porcelaine éclatèrent sous les coups de massue, tandis que les locomotives, les phonographes et les boîtes à musique, jetés violemment sur le sol, explosèrent en mille morceaux. Les poussettes furent démontées et les camions de pompiers ou de chantier écrasés à coups de bottes.

Il ne resta bientôt plus rien du rayon jouets du Bon Marché. Socrate avait menti, pour sauver sa fille et le magasin jaune. Mais il n'avait pas mesuré toutes les conséquences. Le directeur et les vendeurs furent torturés et l'un d'entre eux, au bout de deux jours, avoua ce qu'il n'avait pas fait. Et pendant tout ce temps, Socrate se méprisa. Il n'avait pas pu dénoncer le magasin jaune, envoyer à la torture et à la mort Gustave, Valentine et Quinze. Alors il avait accusé des innocents. Et le pire, c'est qu'il attendait maintenant sa récompense, la délivrance pour lui et pour Marguerite.

Les corps de Socrate, Léontine et Marguerite furent jetés sans ménagement devant Le Coup du rouquin. Pour les Allemands, ce genre de mise en scène avait valeur d'exemple. Les autorités françaises, inquiètes de la réaction de la population, interdirent tout rassemblement public à l'occasion de leurs obsèques. Seule la famille proche fut autorisée à y assister. Gustave se rendit compte à quel point personne ne savait rien de Socrate. Celui-ci parlait beaucoup, mais jamais de lui. Peut-être parlait-il beaucoup pour ne pas parler de lui ? Même Gustave, qui avait passé de longs mois avec lui dans une casemate, ignorait tout de sa vie. Il ne lui avait pas posé de question. Rien ne pressait : Socrate était si fort qu'il semblait immortel. Et maintenant, Gustave regrettait. Il aurait voulu connaître mieux cet homme dont il avait eu la chance d'être l'ami. Il aurait voulu avoir quelques indices sur la façon dont pareil être devient ce qu'il est.

Il n'y eut aucun membre de la famille de Socrate à ses funérailles car personne n'en connaissait. En revanche, les deux sœurs et le frère de Léontine, ainsi que leurs enfants, étaient présents dans l'église déserte. À leur manière, toutefois, tous les habitants de la rue Germain-Pilon étaient là. À chaque fenêtre était accroché un morceau de tissu noir, et les commerces restèrent fermés ce jour-là en signe de deuil.

Valentine et Quinze revinrent au magasin jaune, puisque le danger était passé. Des clients firent de nouveau tinter la sonnette et il y eut des rires d'enfants. Le Coup du rouquin rouvrit au début du mois de mai. Églantine, la sœur aînée de Léontine, reprit le commerce avec son mari. Ce fut un grand soulagement dans le quartier. Même si Le Coup du rouquin ne serait jamais plus le même en l'absence du philosophe-roi, la rue Germain-Pilon avait besoin de ce bistrot, comme du magasin jaune, pour que la vie continue malgré tout.

Rue Germain-Pilon, le 17 juillet 1942

Après la mort de Socrate, Léontine et Marguerite, je pensais que la rue aurait un peu de répit. Mais nous vivons une époque sans pitié où à chaque atrocité en succède une autre, plus grande encore. Comme s'il fallait repousser toujours plus loin les limites de l'horreur. Hier soir, Denez Guivarch fêtait son anniversaire. Il nous a invités et Quinze a été autorisée à venir avec une amie pour ne pas trop s'ennuyer. Elle est venue avec Léa, évidemment. Madalen avait fait des galettes de sarrasin pour l'occasion grâce à un colis arrivé du Finistère. Personne n'avait aussi bien mangé depuis une bonne année. Vers dix heures du soir, un camion a remonté la rue Germain-Pilon en faisant vibrer les pavés. Nous nous sommes tus. Dehors, des éclats de voix ont résonné dans la nuit chaude. Denez Guivarch s'est penché à la fenêtre.

— C'est la police. Y en a partout ! Ils sont juste en face, chez les...

Il s'est arrêté en pleine phrase. Il a regardé Léa, puis Quinze.

— Venez toutes les deux, j'ai quelque chose à vous montrer.

Il les a entraînées vers sa chambre et les a fait s'asseoir sur son lit. Il a décroché du mur son biniou et s'est mis à jouer le plus fort possible. Léa a compris que quelque chose n'allait pas. Elle est sortie de la chambre, suivie de Quinze. Elles ont regardé par la fenêtre au moment où le camion repartait. Nous sommes tous descendus. La boutique des Berstein était sens dessus dessous. Il n'y avait plus personne. Toute la famille de Léa avait été emmenée. Elle était sous le choc. Nous étions tous sous le choc. Gustave a pris des ciseaux de couture. Il a dit que l'on aurait dû écouter les frondeurs et il a coupé un à un les fils de l'étoile jaune cousue sur le manteau de Léa. Ses gestes étaient maladroits, avec sa seule main, mais on l'a tous regardé, fascinés. Puis il a pris un mouchoir. Il a essuyé les larmes de Léa et lui a dit qu'elle allait vivre chez nous le temps que ses parents reviennent.

Aujourd'hui, on en sait un peu plus : des familles entières de juifs ont été conduites au Vél' d'Hiv et il paraît que ça continue. Gustave a tenté d'obtenir des informations, mais personne ne connaît le sort réservé aux juifs des Six Jours, comme on les appelle. Il y a des rumeurs de déportation en Allemagne. Heureusement, on a pu récupérer les affaires de Léa ce matin, car dans l'après-midi les miliciens sont venus vider la maison des Berstein. Ils ont tout volé.

Cette nuit, Léa a dormi avec Quinze. Elles étaient à l'étroit, mais ce n'était pas plus mal. Cette nuit, elle dormira dans la chambre que l'on réservait pour le petit frère ou la petite sœur de Quinze. Finalement, ce sera la chambre de sa grande sœur de cœur.

36

Dans le magasin jaune, chacun sait que des miracles se produisent.

Dans le magasin jaune, la magie opéra une fois encore : elle apporta le réconfort en séparant les deux mondes, celui du dedans et celui du dehors.

Dans le magasin jaune, les rêves et les souvenirs se confondent, la cire embaume, les jouets marchent, les manèges tournent, les singes sifflent et les oiseaux chantent. On y fait passer des trains sur des ponts suspendus, on y fait voler des anges au plafond.

Dans le magasin jaune, on dirait que tout est possible, y compris le retour des déportés. On dirait que la guerre et l'Occupation n'existent pas, que les camps et les rafles non plus.

Dans le magasin jaune, on dirait que l'imaginaire devient réel, que l'on peut regarder le soleil sans se brûler les yeux, entendre une musique que personne

*d'autre n'entend, voir des choses que personne
d'autre ne voit, et résister en refusant le monde des
fous.*

*

Léa devint un membre de la famille Pilon. Elle
fut cajolée comme un nouveau-né mais apporta
plus encore qu'on ne lui offrit. Valentine le
remarqua dès les premiers jours. Grâce à Léa,
Gustave, qui était toujours sur la corde raide,
prêt à basculer dans l'abîme de ses angoisses, sur-
montait la mort de Socrate et ses démons inté-
rieurs. Il dévorait des yeux les deux jeunes filles,
se nourrissait de leur beauté, de leurs rires et du
spectacle de leurs jeux. Quinze aussi se bonifiait
au contact de Léa. Elle perdait son effronterie
agaçante pour devenir une petite sœur admirative
et attentive. Elle se faisait plus douce. Il était surprenant que d'un si grand malheur puisse naître
de la joie, mais tel était le cas. Socrate aurait sans
doute eu une pensée profonde pour expliquer cela.
Évidemment, Léa avait des crises de panique, des
moments de profonde tristesse et d'abattement.
Elle perdait parfois l'espoir de revoir sa famille
mais, précisément, ses pleurs rendaient plus précieux son sourire retrouvé. L'été était radieux. Le
soleil se glissait entre les feuilles du chêne pour
donner à la façade du magasin un éclat intense.
Même s'ils n'osaient pas se l'avouer, Gustave et

Valentine espéraient que Léa resterait avec eux pour toujours.

Au milieu du mois d'août, les Pilon jugèrent que le danger était passé. Personne ne recherchait Léa, et il faisait si beau. Alors ils pique-niquèrent dans les parcs, firent de la barque sur les plans d'eau, pédalèrent sur les grandes avenues. Les Allemands n'existaient plus.

Après des journées pareilles, les enfants s'endormaient facilement. Les cauchemars de Léa s'espaçaient. Quinze, elle, se réveillait souvent au milieu de la nuit. Il lui semblait entendre un cliquetis de machine à coudre. C'était un bruit très faible et elle se rendormait. Mais, une nuit, le bruit fut si perceptible que Quinze décida de descendre. Étrangement, cela n'avait réveillé personne. Dès qu'elle pénétra dans le magasin, elle vit sa grand-mère, entourée des ombres menaçantes des jouets. Renée Plouhinec était au milieu de la pièce, entièrement vêtue de noir, assise sur un tabouret devant sa grosse machine à coudre. Elle tourna la tête vers sa petite-fille, s'arrêta de coudre et lui dit que Léa devait partir. Elle lui dit aussi qu'elle devait se débarrasser des Muller. Quinze lui demanda pourquoi mais au lieu de lui répondre, elle se remit à coudre. La jeune fille s'assit en tailleur devant sa grand-mère et, bercée par la musique lancinante de la machine à coudre, se rendormit.

Elle se réveilla dans son lit au petit matin, en proie à une vive inquiétude : elle avait vu un intersigne. Elle se rendit dans l'atelier, se saisit de la poupée Alaska et ressortit aussitôt. Trop tard. Son père était là, devant elle. Elle expliqua que sa grand-mère lui avait dit de détruire les Muller, ce qui excéda Gustave au plus haut point. Il lui reprit la poupée à la bouche de mercure et lui ordonna de remonter dans sa chambre.

L'appréhension de Quinze s'accentua encore pendant le déjeuner, car la discussion porta sur l'avenir de Léa. Les vacances touchaient à leur fin et il fallait prendre une décision. Ce n'était pas un choix facile. La prudence commandait de garder Léa à la maison mais celle-ci insista pour retourner à l'école à la rentrée. Valentine trouva cela beaucoup trop risqué. Même si M. Roland donnait son accord pour l'inscrire sous un faux nom, les enfants savaient très bien qui elle était. Si un seul d'entre eux en parlait à ses parents, on courait à la catastrophe. Gustave eut une position plus radicale encore. Pour lui, la présence de Léa dans le magasin jaune ne passerait pas inaperçue longtemps, qu'elle aille ou non à l'école. Le plus sage était de l'envoyer chez des amis ou de la famille loin de Paris, dans un endroit où personne ne la connaissait et ne pourrait la dénoncer.

Quinze était sur le point de parler de l'intersigne quand Léa se mit à pleurer et à trembler de tout son corps. Elle voulait rester dans le magasin jaune. Elle supplia Gustave et Valentine de la garder. Elle était paniquée et le son étouffé de sa voix était déchirant. La réaction de Léa, qui s'était montrée forte et raisonnable jusqu'alors, était si inattendue que personne ne sut comment réagir. Puis Valentine la prit dans ses bras pour la calmer, et lui promit qu'elle resterait.

En septembre, Léa revint à l'école sous le nom de Louise Martel. M. Roland donna son accord et remplit lui-même le faux bulletin d'inscription. En classe, cependant, il continua à l'appeler Mlle Berstein. Les élèves la connaissaient et il valait mieux qu'ils pensent que sa présence était normale. Du reste, l'école élémentaire de la rue des Abbesses accueillait encore quatre enfants juifs et il n'y avait pas eu d'autre rafle depuis le Vél' d'Hiv. Au milieu du mois d'octobre, cependant, une loi interdit l'école aux juifs. M. Roland parcourut la circulaire de ce ministère fantôme et la jeta à la poubelle. Il ferma les yeux. Ses jours étaient comptés. Les enfants avaient des parents. Et certains exigeraient l'application de la loi. Il rouvrit les yeux et sourit en entendant les clameurs dans la cour de récréation.

Sous le préau, Quinze avait lancé une nouvelle mode : les concours de billes. Chacun mettait en jeu un petit soldat. L'adversaire, à dix mètres, faisait rouler sa bille. S'il faisait tomber la figurine, il la gagnait. Léa était très douée à ce jeu. Le p'tit Louis aussi. Il s'entraînait souvent et ses billes de verre étaient impeccablement polies. Or Léa avait un soldat qu'il voulait plus que tout, un Jules César à tunique rouge avec un plastron doré et un glaive tendu vers le ciel. Comme elle ne voulait pas le mettre en jeu, il dut accepter ses conditions.

— Je joue mon Jules César contre ton maréchal Pétain.

Le p'tit Louis hésita. Il n'avait mis en jeu le maréchal qu'en de rares occasions, face à des adversaires de second rang, sans véritables risques. Mais la tentation était trop forte. Il accepta.

Tous les enfants de la cour des grands se regroupèrent sous le préau. Il y avait de l'électricité dans l'air et chacun comprit qu'il s'agissait d'un moment rare. Léa était détendue. La nervosité se lisait au contraire sur le visage du p'tit Louis. On joua à pile ou face pour savoir qui tirerait en premier. Le sort désigna la jeune fille. Elle se recula dès que Quinze eut mesuré la distance réglementaire. Chacun retint son souffle. Le silence était absolu. Les petits, derrière la ligne de démarcation, se mettaient sur la pointe des pieds dans l'espoir d'apercevoir un peu de ce spectacle inouï. Léa fit rouler sa bille verte avec décontraction. À deux reprises, la bille rebondit sur une aspérité du bitume pour reprendre sa course rectiligne. Elle heurta le maréchal sur le côté droit. Celui-ci trembla comme un vieillard, sembla hésiter un moment puis s'écroula sur le flanc. Le p'tit Louis accusa le choc. Sa dernière chance de conserver sa figurine était d'abattre Jules César. Dans ce cas, il aurait le droit d'exiger la remise en jeu des trophées. Il regarda ses billes. Laquelle choisir ? La noire lui avait toujours porté chance. Il la frotta contre sa blouse et se mit en position. Il prit une grande inspiration. La bille fila vers sa cible. C'était un joli coup. Elle vint heurter de plein fouet l'empereur romain, mais celui-ci rebondit sur le mur du préau et revint à sa position initiale, debout et victorieux.

Le p'tit Louis avait perdu. Des larmes lui vinrent aux yeux. Léa s'en voulait. Elle ramassa Jules César et le lui tendit.

— Tiens, prends-le tout de même. C'était bien tiré. T'as pas eu de chance, c'est tout.

Les yeux du p'tit Louis brillaient de gratitude. Il allait accepter. Il voulait accepter. Mais en un instant tout bascula. Sa pensée le ramena chez lui, autour de la table, à l'endroit où les conversations du soir portaient bien souvent sur le péril juif.

— T'as qu'à le garder, youpine !

Ce ne fut rien d'autre qu'un réflexe, une pulsion. Léa gifla le p'tit Louis. Une seule gifle, sèche et brutale, aussitôt regrettée.

— Je vais le dire à mon père ! hurla le p'tit Louis juste avant que la cloche ne retentisse.

Deux jours plus tard, quatre miliciens français vêtus de noir et six policiers pénétrèrent dans la classe de M. Roland. Le chef des miliciens s'approcha de lui. Il tenait un pistolet Luger P08 dans la main droite.

— Désigne-moi Léa Berstein.

218

— Vous devez vous tromper, il n'y a pas de Léa Berstein ici.

Le milicien le frappa au visage avec la crosse de son pistolet. Le maître d'école chuta au sol. Il avait la lèvre inférieure fendue et du sang coulait le long de son menton puis tombait au goutte-à-goutte sur le parquet. Il était assis aux pieds du milicien qui le regardait avec un air de mépris et de toute-puissance. Puis le milicien le mit en joue.

— Tu as trois secondes pour me dire qui est la juive.

M. Roland restait silencieux. Il baissait les yeux vers le sol, résigné.

— Tant pis pour toi.

Vers le fond de la classe, une jeune fille se leva.

— Laissez-le. C'est moi, Léa Berstein.

Léa se dirigea vers les miliciens. En passant à côté de Quinze, elle se tourna vers elle et posa furtivement sa main sur celle de son amie.

— Adieu, petite princesse.

Quinze ne répondit rien. Tout cela lui paraissait impossible. La vie ne pouvait pas être ainsi. Il devait y avoir une porte de sortie quelque part.

Mais Léa avait déjà disparu.

— Lui aussi ! dit le chef des miliciens en désignant M. Roland, toujours assis sur le sol.

Deux policiers le saisirent sous les aisselles et le redressèrent d'un coup. Le maître d'école jeta un dernier regard sur sa classe et ses élèves.

Quand les miliciens et les policiers furent sortis, quand la classe fut soudain incroyablement vide, quand l'absence de Léa et de M. Roland devint plus palpable que le souvenir de leur présence, tous les regards se tournèrent vers le p'tit Louis, car chacun savait. Et le p'tit Louis comprit que tout le monde avait compris.

— C'est pas moi, c'est mon père : il m'a forcé à parler, il m'a frappé.

Un homme entra dans la classe, l'air sévère.

— Je m'appelle M. Richard. Je suis votre nouveau maître et le nouveau directeur de l'école. La classe est finie pour aujourd'hui. Vous pouvez rentrer chez vous.

Tandis que les policiers emmenaient Léa et M. Roland, le chef des miliciens alluma une cigarette. La rue des Abbesses était déserte, mis à part quelques pigeons. L'un de ses subordonnés vint lui dire qu'il savait où la petite juive avait été hébergée. Il jeta son mégot et le suivit, escorté des deux autres miliciens Ils tournèrent dans la rue Germain-Pilon. Son subordonné lui désigna le magasin jaune. Évidemment, ça ne pouvait être que là. Il ordonna à ses hommes de rester dehors et entra dans la boutique. Il reconnut l'odeur de cire. Et puis ce silence étonnant. Aucun bruit ne parvenait de la rue. Sans doute un effet de la cour et du grand chêne, ou de l'épaisseur des murs. Le magasin jaune était pour sûr un endroit à part, un territoire neutre protégé des brouhahas de la ville, un lieu d'apaisement. Et surtout un refuge. Il en savait quelque chose.

Valentine fit son apparition. Elle était plus jolie encore que dans son souvenir. Elle eut un mouvement de recul. L'uniforme de milicien faisait toujours cet effet. Gustave entra à son tour. Il prit d'instinct la main de Valentine dans la sienne. Le moment redouté était arrivé. Soudain, le bruit de la rue pénétra dans le magasin. Quinze venait d'ouvrir la porte. Elle pleurait à en suffoquer. Elle se jeta dans les bras de sa mère :

— C'est Léa. Ils l'ont emmenée. Ils ont pris aussi M. Roland.

Puis elle vit le chef des miliciens :

— C'est lui, c'est lui qui a fait ça !

L'homme sourit au spectacle de Quinze qui le montrait du doigt en ravalant ses sanglots.

— Tu es devenue une belle jeune fille. Tu étais toute petite la dernière fois.

La surprise se lisait sur les visages des Pilon.

— Les manifestations de février 1934 ! Tous ces morts dans les rues de Paris… Vous m'avez caché dans la réserve. Le vent de l'histoire a tourné, mais le magasin jaune n'a pas changé. Une petite Suisse d'une neutralité absolue. Accueillir aussi bien un fasciste qu'une enfant juive ! Heureusement pour vous, j'ai des principes. Et la reconnaissance en fait partie. Au fait, vous n'avez plus la poupée à la bouche de mercure et aux yeux noirs ? Dommage, je l'aurais bien achetée. Elle était fascinante, cette poupée.

221

Le milicien tourna les talons. Dès qu'il referma la porte, il n'y eut plus un bruit. Quinze se dirigea vers l'atelier. Elle posa Alaska sur le sol et sauta dessus à pieds joints en y mettant toutes ses forces, toute sa rage et tout son désespoir. La tête de porcelaine vola en éclats.

37

Rue Germain-Pilon, le 25 octobre 1942

Je n'appelle pas ça vivre. Ce n'est que de la souf-france. Au lieu d'être fort pour soutenir sa fille, Gustave s'est laissé emporter par ses démons. Les premiers jours, il est allé partout : police, mairie, préfecture, kom-mandantur. Et quand il a compris que ça ne servait à rien, il a retrouvé son instinct autodestructeur. Il s'est refermé comme une huître, n'a pas dit un mot et, avec l'aide de Quinze, a repeint la façade du magasin jaune en noir. Entièrement en noir. On ne peut même plus lire l'enseigne. Puis ils ont vidé la boutique pour repeindre les murs eux-mêmes en noir. C'est encore plus sinistre à l'intérieur qu'à l'extérieur. Ensuite, Gustave a aidé Quinze à peindre sa cabane en noir. C'est absurde. Je leur ai dit d'arrêter. Je leur ai donné l'exemple de Léa, la façon dont elle avait réagi quand toute sa famille a été emmenée. Je leur ai dit qu'elle n'aurait pas apprécié, qu'il ne fallait pas faire cela, que le jaune était la couleur de la résistance. Les habitants de la rue passent devant le magasin noir la tête basse, les bras ballants, avec un tel poids sur le cœur que leur démarche est lourde, pesante. J'ai vu des enfants pleurer devant la façade. Ils ont peur. Notre boutique noire les terrorise. Un magasin de jouets qui effraie les petits ! Autant mettre la clé sous la porte. Mais il est impossible de les raisonner. Seul Socrate aurait pu. Il leur aurait dit qu'ils n'avaient pas le droit de faire cela, car en peignant le magasin jaune en noir ils ont éteint la lumière de la rue. J'ai l'impression que Gustave et Quinze veulent se punir. Ils s'en veulent terriblement. Moi aussi d'ailleurs. Nous avons tous voulu que Léa reste auprès de nous : c'était de la folie. Et Quinze m'inquiète presque autant que son père. Elle répète sans cesse que sa grand-mère l'avait prévenue.

38

Dans le magasin jaune qui ne l'est plus, certaines couleurs sont devenues d'autant plus éclatantes que les murs sont noirs. Le rouge est ardent comme la braise, l'orange est sanguine, le blanc resplendit. Seul le bleu foncé se distingue à peine, comme un masque mortuaire faiblement éclairé par la lumière du crépuscule.

Dans le magasin jaune devenu noir, les âmes des jouets sont noires également, et réclament justice.

*

BEKANNTMACHUNG — AVIS

1. Der Leutnant Armand de Gouvres, französischer Staatsangehöriger, geb. am 10. Juni 1900 in Versailles	1. Le lieutenant Armand de Gouvres, français, né le 10 juin 1900 à Versailles
2. Der Kaufmann Louis Doré, französischer Staatsangehöriger, geb. am 20. August 1903 in Paris	2. Le commerçant Louis Doré, français, né le 20 août 1903 à Paris
3. Die Schullehrer François Roland, französischer Staatsangehöriger, geb. am 4. September 1893 in Paris	3. Le maître d'école François Roland, français, né le 4 septembre 1893 à Paris
sind zum Tode verurteilt und heute erschossen worden	ont été condamnés à mort et fusillés aujourd'hui

Paris, den 25, October 1942.
DER MILITÄRBEFEHLSHABER IN FRANKREICH

*

Ce n'était pas la première fois que le grand Louis lisait une affiche annonçant les exécutions de la nuit. La plupart du temps, il s'agissait de communistes pris en otages à la suite d'un attentat, ou d'un pauvre malheureux condamné à mort pour avoir frappé un soldat allemand sous le coup de l'énervement. Mais cette fois-ci, le nom de M. Roland y figurait. L'affiche était apposée sur le panneau de la mairie du dix-huitième arrondissement. De nombreux habitants du quartier la virent et repartirent avec la rage au cœur car M. Roland était autant apprécié et respecté des élèves que de leurs parents. Hélas, en cette époque terrible, ce n'était qu'un mort de plus, une empreinte qui s'efface. On discuta beaucoup du maître d'école au Coup du rouquin les premiers jours. Puis les adultes passèrent à autre chose.

Mais pas le grand Louis, ni Quinze, ni Pierre, ni Victor, ni Paul, ni Edmond, ni aucun de la bande. Ils tinrent des réunions secrètes où il était question de résistance, de vengeance et de justice.

— Tu ne crois pas qu'il va se douter de quelque chose ? s'inquiéta Quinze.

— Peut-être, répondit le grand Louis, mais la tentation sera trop grande. Plus personne ne lui parle depuis deux semaines. Il doit se sentir exclu. Alors, si on lui tend la main, il va la saisir, évidemment.

— Oui, je pense que tu as raison. Et puis Jacques a trouvé un endroit idéal. C'est pas vrai ?

Jacques fit un signe de tête affirmatif.

— C'est un petit hangar qui se trouve dans la rue Ordener, vers Joffrin. Il est tellement délabré que même les Allemands n'en ont pas voulu. Y a pas un chat et pour entrer dedans, rien de plus facile, y a des trous partout dans le toit.

— Vous pensez vraiment qu'on a le droit de faire ça ? demanda Pierre. On n'est pas un tribunal.

— On a déjà voté, répliqua Quinze en lui jetant un regard mauvais.

— Oui mais tout de même, ce n'est pas rien !

— Et Léa, c'était rien, peut-être ! Et M. Roland, t'en fais quoi de M. Roland ! dit le grand Louis.

Un murmure d'assentiment traversa le groupe. Pierre se tut. Il n'y avait plus rien à ajouter.

Ce fut le grand Louis qui se chargea de refermer le piège.

— Bon, p'tit Louis, t'as fait une grosse connerie, c'est clair. Mais la bande a décidé de te pardonner. Après tout, tu ne pouvais pas savoir jusqu'où ça irait.

— Je te jure, je ne voulais pas.

— Ça va. Écoute, dimanche toute la bande se retrouve dans un nouvel entrepôt de charbon. Il est encore plus grand, t'imagines ?

— Je sais pas trop. Je veux dire, si Quinze est là. Elle me déteste.

— Ouais, pour sûr, mais Quinze ne viendra pas. C'était une erreur de faire entrer une fille dans le groupe.

Le visage du p'tit Louis s'illumina. Il serra la main du grand Louis et rentra chez lui le cœur léger.

Dans la nuit de samedi à dimanche, les enfants de la bande eurent du mal à trouver le sommeil.

Quinze utilisa sa technique habituelle. Elle pensa à Léa. Pour s'endormir, elle l'imaginait. Son amie avait retrouvé sa famille et ils étaient tous réunis. Ils travaillaient dans une ferme. Certes, c'était une ferme allemande, mais les fermiers étaient des gens bons et honnêtes. Et puis il y avait des œufs, des vaches et du lait. Léa passait la guerre à travailler dur mais elle mangeait des tartines de vrai beurre. À la fin, elle reviendrait rue Germain-Pilon. Elle aurait grandi et Quinze également. Paris serait libéré et l'avenir serait devant elles. Elles seraient jeunes, belles, intelligentes et inséparables. Bien entendu, Quinze prendrait Léa comme témoin de son mariage avec Pierre tandis que Quinze serait le témoin du mariage de Léa avec le grand Louis. Quinze était certaine que le grand Louis était amoureux de Léa, même s'il n'avait jamais rien dit ni fait. Il y a des regards qui ne trompent pas.

Quinze partit avant les autres pour rejoindre le hangar. Elle n'était pas supposée être présente et le p'tit Louis ne devait pas la voir avant qu'il ne soit trop tard. De plus, elle n'avait besoin de personne. Monter sur le toit était facile. Ensuite, il fallait juste se suspendre à une poutrelle métallique et se laisser tomber. Le sol du hangar était en terre molle.

Une vingtaine de minutes après son arrivée, elle entendit les garçons puis les vit tomber dans le hangar l'un après l'autre. Le p'tit Louis rouspétait déjà.

— Il est pourri, ce hangar. Il est tout petit et y a pas un seul morceau de charbon ! C'est quoi cette histoire ?

Il aperçut Quinze.

— Qu'est-ce qu'elle fait là ? Grand Louis, tu m'avais dit qu'elle ne serait pas là !

Le grand Louis s'approcha du p'tit Louis avec un sourire ironique.

— Au contraire, p'tit con, elle n'aurait manqué ça pour rien au monde.

— Quoi, ça ?

En guise de réponse, le p'tit Louis fut plaqué au sol par Jacques et Charles qui le retournèrent comme une crêpe. Le grand Louis lui attacha solidement les mains derrière le dos avec une corde épaisse comme une tige de bambou.

— Qu'est-ce que vous faites, les gars ? C'est pas drôle !

— Non, c'est pas drôle, p'tit Louis. Mais c'est rien par rapport à ce qui t'attend.

La peur se lisait sur le visage du p'tit Louis. Il commençait à réaliser. Quand Edmond balança une grosse corde au-dessus de la poutrelle métallique, il hurla :

— Qu'est-ce que vous voulez ? J'y suis pour rien ! Je l'aimais bien, M. Roland. Et Léa, elle n'avait même pas le droit d'être à l'école. C'est la loi qui le dit, c'est pas moi.

— Et la loi, c'est de la merde. Toi aussi t'es de la merde, lança Jacques avec dégoût.

— C'est pas juste !

— Parle surtout pas de justice, petite merde, dit Quinze.

— Tout ça, c'est de ta faute, salope, gémit le p'tit Louis en la regardant.

Le grand Louis balança au p'tit Louis une gifle retentissante.

— Tu ne parles pas à Quinze comme ça, t'as compris ? Bon, ferme ta gueule pendant que je fais le nœud coulant. Tu me déconcentres.

Mis à part les pleurs de p'tit Louis, il n'y eut plus un bruit. Les enfants regardaient, fascinés, le grand Louis fabriquer le nœud coulant.

— C'est très simple, expliqua-t-il quand le nœud fut prêt. La corde est en appui sur la poutre. On accroche le p'tit Louis à un bout et on tire tous ensemble l'autre bout de la corde pour le suspendre. Dès qu'il est suffisamment haut, on accroche la corde au pilier derrière nous et on le laisse se balancer.

Les pleurs du p'tit Louis étaient insupportables à entendre. Quinze en prit conscience.

— Allez, on fait vite maintenant, dit-elle. Ça a trop duré.

— Regardez, cria Victor, il s'est pissé dessus !

C'était exact. Une flaque jaune entoura le p'tit Louis avant d'être avalée par la terre.

— T'as une dernière volonté ? lui demanda le grand Louis.

— Je veux rentrer chez moi, pleurnicha le p'tit Louis.

— Chez toi, maintenant, c'est ici. Quand on t'aura dépendu, on t'enterrera dans le hangar. Y a un endroit que tu préfères ?

Pierre n'avait encore rien dit. Il se tenait à l'écart, assis en tailleur. Il avait enfoui sa tête dans ses mains.

— Faut vraiment en arriver là ? Je veux dire… il a douze ans.

— Justement, répliqua sèchement le grand Louis en colère. C'est déjà un petit salaud, alors imagine si on le laisse grandir.

Pierre ne répondit pas au grand Louis. Il n'y avait rien à espérer de ce côté. Mais il y avait Quinze. Elle pouvait tout arrêter, mettre fin à ce cauchemar.

— Quinze, s'il te plaît, dis-leur de le relâcher. On n'est pas des assassins.

Elle fixa Pierre droit dans les yeux, avec une expression très dure, presque sauvage.

— Ne parle pas d'assassinat. C'est de la justice !

— Mais ce n'est pas nous, la justice.

— C'est qui ? Où est-elle ? Qui va le juger ? Qui va le punir ? Ils vont plutôt lui donner une médaille…

— Je t'en supplie Quinze, arrête tout !

Malgré son regard fermé, elle sembla hésiter. Quelque chose en elle voulait faire machine arrière et revenir à la lumière des jeux et de l'enfance. Quelque chose lui rappelait qu'elle était la princesse du magasin jaune. Non, ce n'était pas quelque chose, c'était lui. C'était Pierre. C'était le visage de Pierrot, émerveillé devant la vitrine. C'était le baiser d'écureuil qu'elle lui avait donné le jour de son anniversaire. C'était le baiser de grande personne qu'ils avaient échangé le jour où M. Roland avait déposé les armes à ses pieds. Soudain, Quinze eut l'impression que toute cette beauté allait disparaître, que tout ce bonheur allait être enseveli, que plus rien ne serait comme avant, que tout serait sombre à jamais et que la façade du magasin jaune resterait noire s'ils pendaient le p'tit Louis.

— Pierre a raison. Le p'tit Louis mérite la mort mais nous, on ne peut pas faire ça.

— Quoi ! cria le grand Louis. C'est toi qui nous dis ça ? Quand on a voté la mort, t'étais la première à dire que cette petite vermine ne méritait pas mieux. Et on t'a tous écoutée. On était tous d'accord.

— C'est vrai. Excuse-moi, grand Louis, excusez-moi tous. J'avais tort. Je ne crois pas que l'on soit pareil après. Je veux dire, après avoir tué. Si ça se trouve, ça se voit sur le visage comme le nez au milieu de la figure. Tu rentres chez toi, tes parents te regardent et ils trouvent que quelque chose a changé. Et puis, on fera quoi ? On ira voir le curé Rivière à confesse ? Tu penses qu'il nous donnera l'absolution ?

— Je crois qu'elle a raison, dit Jacques.

— Oui, elle a raison, on n'est que des enfants. On ne peut pas pendre un autre enfant, renchérit Paul.

— On n'est pas forcé d'être aussi cons que les adultes, ajouta Pierre.

— Et merde, vous faites tous chier !

Le grand Louis, furieux, fit un nœud avec les deux bouts de la corde et se hissa jusqu'à la poutrelle. Puis il disparut sur le toit. Tandis que l'un après l'autre les garçons de la bande quittaient le hangar sans échanger un mot, Pierre s'approcha du p'tit Louis et lui défit ses liens :

— Si tu racontes cette histoire à qui que ce soit, je te tue de mes mains.

Le p'tit Louis ne dit rien à personne. Le grand Louis bouda quelque temps avant de réaliser qu'il avait été soulagé comme les autres en se hissant sur le toit. Ils étaient tous repartis avec le sentiment d'avoir évité de justesse l'irréparable. Ce n'était pas la peine de se mentir. Grâce à Quinze, ils avaient encore le droit d'être des enfants et même, s'ils le voulaient, de baver d'envie devant la vitrine du magasin jaune.

Mais, pour cela, encore fallait-il que le magasin jaune le redevienne. Quinze le voulait. Elle avait ouvert les yeux. Il restait à convaincre son père.

Elle rendit visite à sa grand-mère, au cimetière. Le silence des tombes était propice à la réflexion. Elle n'était pas arrivée depuis cinq minutes que le miracle se produisit. Un papillon blanc vint se poser sur son épaule droite. Au même instant, elle comprit ce qu'elle devait faire. La solution avait trois pieds. Elle courut jusqu'au magasin et en parla à sa mère. Gustave fut plus difficile à convaincre. Il n'avait jamais cru à ces histoires de guéridon, même s'il avait été troublé par son unique séance. Il trouva cependant l'idée de sa fille convaincante. Ce qui faisait le plus souffrir était l'incertitude, et elle proposait de la lever. Si Léa ne répondait pas, c'est qu'elle était vivante. Et l'on pourrait repeindre le magasin jaune en jaune, ainsi que la cabane. Si elle était morte, son esprit leur répondrait, aussi sûrement que l'âme de Renée Plouhinec s'était posée sur l'épaule de Quinze. Dans ce cas, le magasin jaune resterait en deuil.

39

Rue Germain-Pilon, le 30 novembre 1942

Nous étions si angoissés. L'angoisse a disparu au fur et à mesure qu'il ne se passait rien. Le guéridon est resté immobile. Léa n'a pas répondu à Quinze. Même Gustave a commencé à se détendre, mais il n'était pas convaincu. Selon lui, nous n'avions pas assez de fluide. C'est alors que Quinze a proposé d'entrer en contact avec sa grand-mère. Et ça a marché tout de suite. Elle lui a demandé si Léa était en vie. Le guéridon s'est soulevé très nettement et n'est retombé qu'à une seule reprise. Pour la première fois depuis le départ de Léa, nous avons passé une vraie soirée en famille, avec des blagues, des rires et même un peu de vin. Ce matin, nous nous sommes mis au travail. Pierre est venu nous aider. Le magasin jaune est de nouveau jaune. Demain, ce sera au tour de la cabane. Plusieurs habitants de la rue sont venus nous applaudir. Les enfants étaient ravis. Gustave a proposé à Pierre de rester pour le déjeuner. J'ai bien observé la façon dont Quinze le regarde. C'est différent. Elle a vraiment l'air amoureuse. À la fin de

236

la journée, elle l'a remercié. Ils étaient tous les deux
devant la façade jaune. Elle a pris sa main et a murmuré
que c'était grâce à lui. Je n'ai pas compris ce qu'elle a
voulu dire.

40

Dans le magasin redevenu jaune, les jouets se réveillent de bonne humeur et Valentine leur fait de nouveau la toilette.

Dans le magasin redevenu jaune, les boîtes à musique font de la musique et les automates dansent, les trains franchissent les aiguillages à toute vapeur, certains qu'il ne peut rien leur arriver, et les avions suspendus au plafond tournent comme des ventilateurs.

Mais dans le magasin redevenu jaune, même si le soleil réchauffe encore la vitrine, quelques poupées de la vieille aristocratie du jouet, au sourire figé et ironique, prophétisent un gel prochain.

*

Les enfants n'étaient pas les seuls admirateurs du magasin jaune. Il arrivait aussi que Manon s'aventure devant la vitrine. Elle avait maintenant trente et un ans et, si elle avait moins de clients qu'à son arrivée en 1927, les affaires ne marchaient pas trop mal, d'autant que Robert, son souteneur, s'était évaporé peu après l'arrivée des Allemands. Comme il avait laissé toutes ses affaires, y compris les économies gagnées à la sueur des fesses de Manon, sa disparition avait sans doute un caractère criminel et définitif. Elle l'imaginait flottant entre deux eaux ou profondément enterré dans le bois de Boulogne. Au début, elle s'attendait à voir arriver un « repreneur » qui lui signifierait la poursuite de son contrat de travail, mais personne ne vint. Elle resta donc dans l'appartement, comme avant, sauf qu'elle pouvait respirer, ne prenait plus de coups et s'accordait de temps en temps une grasse matinée. Elle n'avait jamais connu cela.

Puisque personne ne semblait être informé de la disparition de Robert, Manon bénéficiait de sa protection putative. Les autres souteneurs la croyaient en main. En temps ordinaire, cette illusion n'aurait pas tenu bien longtemps, mais chacun avait bien trop à faire pour s'occuper d'elle. Les souteneurs, pour la plupart, avaient répondu à l'appel d'offres des autorités allemandes et de nombreuses filles avaient déserté les rues du quartier pour se retrouver enfermées dans des bordels à Boches, avec visite médicale deux fois par semaine et sorties soumises à autorisation. C'était le Service du travail obligatoire sans quitter Paris. Manon, sans souteneur pour la vendre aux Allemands, avait échappé à la collaboration forcée, ce qui ne l'empêchait pas d'avoir quelques clients allemands qui n'appréciaient pas l'ambiance des bordels. Ils avaient besoin d'un peu de romantisme et tentaient leur chance auprès de la gent féminine non professionnelle ou, à défaut, s'attachaient les services d'une indépendante.

Devant la vitrine du magasin jaune, Manon pensait à la chance si fragile qui lui souriait enfin. Maintenant qu'elle était à son compte, elle pourrait peut-être faire suffisamment d'économies pour avoir elle aussi, un jour, un magasin de jouets et un gentil mari comme Gustave. Elle avait toujours eu un faible pour lui. Quand elle l'avait connu, à l'âge de dix-neuf ans, il était encore célibataire et elle avait secrètement espéré, sans vraiment y croire, qu'il la retire du trottoir et l'épouse. Puis la vie avait suivi son cours. Elle était restée une prostituée et il avait trouvé une jeune femme convenable. Manon sourit en voyant Quinze sortir du magasin. La jeune fille venait souvent lui dire bonjour. Ce jour-là, elle lui apporta une tasse de café. Manon fut surprise et gênée.

— Quinze, je ne peux pas accepter. Le café est rationné et je ne suis pas certaine que tes parents apprécieraient.

— Il fait si froid dehors, protesta Quinze. En plus, ce n'est pas du vrai. Maman le fait avec un tiers de café, un tiers de chicorée et un tiers de graines torréfiées. Je ne sais pas trop si ce sont des haricots ou des pois chiches.

— Bon, c'est d'accord pour cette fois, mais promets-moi de ne pas recommencer. Sinon, tu vas finir par te faire gronder.

— Pourquoi ?

— Parce que… parce qu'il y a des gens qu'une jeune fille ne doit pas fréquenter.

— Tu dis ça parce que tu es une fille de joie ?

Manon ne revint pas pendant plusieurs jours. Elle ne voulait pas causer des ennuis à Quinze. La tentation du magasin jaune, cependant, fut trop forte. Il restait en elle un zeste d'enfance qui la poussait devant le spectacle des jouets auxquels elle n'avait pas eu droit quand elle était plus jeune. Ce n'était pas uniquement la nostalgie de ce qu'elle n'avait pas connu et dont, par conséquent, elle rêvait encore. Devant le magasin jaune, elle avait l'impression de se purifier et elle n'avait plus d'autre endroit pour retrouver la paix de son âme et la douceur de l'insouciance. Le curé Rivière, qui lui avait toujours ouvert les portes de l'église, avait été mis à la retraite anticipée après son prêche contre l'étoile jaune. Le nouveau curé, bien moins tolérant, avait interdit à Manon d'entrer dans l'église. Elle n'en était pas digne, selon lui. Jésus avait été moins regardant, mais le nouveau curé de l'église des Abbesses pensait qu'il ne fallait sauver que ceux qui méritaient de l'être et ne classait pas les filles de mauvaise vie dans cette catégorie. Les derniers devaient rester les derniers, du moins en ce bas monde.

De ce point de vue, Manon trouvait un avantage à l'Occupation : les filles de joie n'étaient plus les dernières des dernières. En dessous d'elles était apparue une nouvelle catégorie de femmes encore plus détestées, celles qui couchaient avec les soldats allemands sans se faire payer. Seules les prostituées avaient le droit de fricoter avec l'Allemand. C'était leur métier et certaines, disait-on, leur refilaient des maladies vénériennes par pur patriotisme. Personne ne leur tenait en tout cas rigueur de s'allonger devant l'occupant, ce que beaucoup faisaient d'une autre manière. Mais ce n'était pas juste pour les non-professionnelles, se disait Manon. Au fond, ces pauvres femmes vendaient aussi leur corps pour améliorer le quotidien. Par contre, c'était de la concurrence déloyale. Les horizontales amatrices captaient la clientèle la plus intéressante, celle des officiers dont la solde était beaucoup plus élevée et qui ne lésinaient pas sur le champagne.

Pour les professionnelles comme Manon, il restait les soldats vert-de-gris. Elle ne s'en plaignait pas. Tous ces jeunes et vigoureux soldats loin de leurs femmes avaient besoin de réconfort, et le chiffre d'affaires de la prostitution clandestine, malgré son interdiction au profit des maisons officielles, n'avait pas souffert. Et si le casque était moins glamour que la casquette, les troufions avaient des exigences plus classiques que leurs supérieurs. Ils étaient surtout plus gentils et plus attachants, avec leur air perdu et leur mal du pays. Manon n'avait jusqu'alors rencontré que des hommes simples, sans suffisance. Ils n'avaient pas la morgue des officiers et lui confiaient volontiers leurs états d'âme. C'était notamment le cas de Karl, un jeune Bavarois de vingt-deux ans, qui lui montrait des photos de sa femme et de son fils de quatre ans. Manon compatissait. Elle lui disait qu'il avait mieux à faire qu'occuper la France, et Karl partageait tout à fait son point de vue.

Depuis un mois, Karl était affecté sur le poste de contrôle fixe de la place Pigalle. De temps en temps, il s'aventurait devant la vitrine du magasin jaune. La présence, même brève, d'un soldat allemand devant sa devanture n'était pas du goût de Gustave.

— Il ne fait de mal à personne, disait Valentine.

— Quand il est là, personne ne s'arrête devant le magasin. En plus, il n'entre jamais, rétorquait Gustave.

C'était exact. Karl n'entrait pas, parce qu'il n'osait pas. Mais un jour il prit son courage à deux mains. Le temps passait et s'il ne se décidait pas, son fils recevrait ses étrennes en retard. Il poussa la porte avec timidité. La clochette se fit entendre.

Au fond du magasin, Valentine leva les yeux de son cahier de comptes. Elle sourit. Ce soldat avait quelque chose de doux et d'enfantin.

— Soldat allemand ? demanda-t-il dans un français hésitant.

— Je vois bien que vous êtes un soldat allemand, répondit posément Valentine.

Gustave surgit derrière elle, comme s'il était urgent qu'il prenne la situation en main.

— Que voulez-vous ?

Valentine lança un regard désapprobateur à son mari dont le ton frisait l'impolitesse. La timidité du soldat s'en trouva accrue, d'autant qu'il se doutait que le commerçant avait perdu son bras gauche à la guerre. Il parvint pourtant à bafouiller quelques mots.

— Non, pas moi… Soldat allemand, jouet ! Pour *mein kleiner Junge, mein Sohn*… petit garçon.

— Ah, des figurines de soldats allemands, comprit Gustave. Bien sûr que j'en ai. Les petits Français adorent se défouler en leur mettant la pâtée.

— La pâtée ? Non, pas pâtée… jouets !

Karl n'avait rien compris mais ressentait l'animosité de Gustave. Valentine reprit le contrôle d'une conversation qui menaçait de déraper.

— Oui, nous avons des soldats de la première guerre, vous comprenez, mais pas de celle-là, pas celle d'aujourd'hui.

Le soldat comprit car elle avait parlé lentement et distinctement.

— Oui, oui, pas de problème. Première guerre, très bien.

Gustave partit dans la réserve en maugréant. Il revint avec une boîte de soldats allemands en plomb de 14-18. Karl fouilla dans la boîte et choisit une dizaine de soldats. Pendant ce temps, Gustave réfléchissait. Pouvait-il se permettre d'accepter quoi que ce soit d'un soldat allemand, même au juste prix ? D'un autre côté, décliner son argent n'était pas concevable. Ce serait perçu comme un cadeau. Le seul véritable acte de résistance aurait été de refuser de lui vendre les figurines, mais était-ce envisageable pour un commerçant ? Valentine lisait dans ses pensées et lui jeta un regard noir qui ne présageait rien de bon. Il restait une dernière option : vendre à l'Allemand au double du prix. Gustave rejeta cette idée contraire à son éthique. La plus grande victoire était de rester soi-même. L'occupant ne parviendrait pas à faire de lui un commerçant malhonnête. Dans le magasin jaune, il représentait la France, affaiblie certes, mais qui gardait la tête haute.

Karl repartit avec ses dix soldats de plomb payés au juste prix.

Gustave avait vendu des soldats allemands à un soldat allemand, et qui plus est des soldats d'une guerre que l'Allemagne avait perdue. La nouvelle se répandit dans toute la rue Germain-Pilon. On en discuta une soirée entière au Coup du rouquin. Le prestige de Gustave Pilon et du magasin jaune en fut accru. Sans compter que c'étaient des figurines de la réserve, qui présentaient des imperfections. D'ailleurs, souligna Gustave au Coup du rouquin, tous les soldats allemands ont des imperfections, la pire de toutes étant d'être allemands.

41

Le major Ludwig Koch n'aimait pas les Parisiens. Ils donnaient l'impression de se moquer de l'occupant. Aussi le major ne comprenait-il pas la tolérance de la Wehrmacht à leur endroit. Son supérieur direct, l'Oberstleutnant Otto Schnabel, était francophile et d'une complaisance inacceptable. Un incident survenu au Café de Flore avait fait le tour de la capitale. Le major était assis à la terrasse en compagnie de l'Oberstleutnant et de l'Hauptmann Berger. À leur droite se tenait une jeune Parisienne provocante, sûre de ses charmes, qu'il trouvait plutôt vulgaire. Ce n'était manifestement pas l'opinion d'Otto Schnabel qui pensait compenser son gros ventre avec ses pattes d'épaule d'officier supérieur.

— *Guten Tag*, petite demoiselle. *Es ist schönes Wetter...* beau temps. J'adore Paris. Très belle ville.

— Merci, monsieur l'officier. Et encore, elle était plus belle avant. Vous auriez dû venir quand vous n'étiez pas là.

Otto Schnabel ne saisit pas immédiatement la finesse de cette réponse. L'Hauptmann Berger lui traduisit, un peu inquiet de la réaction de son supérieur à l'impudence de la jeune femme. Ludwig Koch, pour sa part, était outré et prêt à faire fusiller l'impertinente sur-le-champ. Mais l'Oberstleutnant éclata d'un rire gras et sonore. Il offrit même une coupe de champagne à la jeune femme.

Ludwig Koch était en colère. Il n'y avait rien à attendre d'un officier qui considérait les Français comme des gens charmants, l'occupation de Paris comme des grandes vacances et passait toutes ses nuits au One-Two-Two. Le major l'avait accompagné quelques fois, mais avait du mal à supporter les beuveries et les orgies sexuelles, alors que les soldats allemands mouraient sur le front de l'Est. Ce n'était pas la meilleure façon de se faire respecter des Parisiens. Pour cela, il fallait se faire craindre et châtier le moindre manque de respect, même si la coupable avait de belles cuisses. Le major ne considérait pas pour autant qu'il faille priver les troupes de divertissements, mais de là à créer un *Guide des loisirs dans la capitale*, comme la Kommandantur l'avait fait dès le mois de juillet 1940 ! Dans ces conditions, il n'était guère surprenant que la discipline se relâche. Même les premiers assassinats de soldats n'avaient pas convaincu la hiérarchie de serrer les boulons. On exécutait quelques communistes en représailles et on continuait comme si de rien n'était. La plus grande menace pour la discipline, la santé et la sécurité était, dans l'esprit de Ludwig Koch, les relations sexuelles non contrôlées. Outre le risque de petite vérole, il y avait surtout celui des confidences sur l'oreiller. Il frémissait rien qu'en y pensant. Mais, sur ce terrain-là aussi, Otto Schnabel était plus complaisant que les autres officiers.

— Major Koch, j'admire votre dévouement, mais nous ne pouvons pas être trop exigeants. Êtes-vous déjà entré dans l'un des bordels réservé à nos soldats ? Non, évidemment. Eh bien, ce n'est pas du tout pareil que les bordels pour les officiers. Pas de champagne, pas de petits-fours et les filles n'ont pas toutes leurs dents. Alors si un soldat trouve mieux ailleurs ! Je sais que c'est formellement interdit mais c'est bon pour le moral des troupes. Parfois, il faut punir, cela va de soi. Mais faisons-le sans excès. De plus, c'est également interdit aux officiers, et pourtant !

Otto Schabel sentit l'émotion l'envahir au souvenir des prouesses de Francine, victime des bombardements anglais.

Sur ce point, Ludwig Koch devait admettre que l'Oberstleutnant avait raison. Les officiers fricotaient eux aussi avec les Parisiennes et leurs confidences sur l'oreiller présentaient un risque infiniment plus important pour la sécurité que celles de simples soldats ou même de sous-officiers.

— Et puis, disait souvent Otto Schnabel, c'est l'Occupation, et nous devons occuper le ventre de Paris.

L'Oberschütze Karl occupait de plus en plus souvent le ventre de Manon. De tous, il était le plus tendre. Elle n'avait pas eu un tel béguin pour un client depuis Gustave. Il lui arrivait même de ne pas le faire payer. Ce n'était pas professionnel, mais elle savait qu'en Allemagne, sa femme et ses enfants avaient besoin de sa solde. Elle insistait cependant pour qu'il garde le secret.

— Tu comprends mon chou, je risque gros si quelqu'un apprend que j'ai fait ça gratis avec un Allemand. Au fait, ça veut dire quoi Oberschütze ?

— *Ich bin* soldat première classe, répondit fièrement Karl.

42

Dans le magasin jaune, la mobilisation générale est décrétée. Le jour de gloire des jouets de la patrie est arrivé. L'étendard jaune flamme est levé contre la tyrannie et les bataillons immobiles se forment.

Dans le magasin jaune, les jouets croient en la victoire. Ils savent que les armées de plomb ne refont pas l'histoire mais la copient. Ils savent que les conquérants d'aujourd'hui seront nécessairement les perdants de demain, qu'aucune dictature ne dure et que les plus grands despotes deviennent tous, après leur ultime défaite, des figurines condamnées pour l'éternité à rejouer sans cesse leur débâcle. Car les enfants font perdre les perdants, indéfiniment.

*

Depuis l'arrestation de Léa, le comportement de Gustave s'était modifié sensiblement. Il avait toujours eu une personnalité obsessive, tourmentée, et, dans les pires moments, il ne quittait plus son atelier et travaillait avec une compulsion maladive. Mais ces symptômes s'étaient atténués à chaque fois que Gustave avait été emporté par un projet lui permettant de s'oublier. Prendre part à la résistance en risquant sa vie l'avait sorti de lui-même, cet endroit dont il était prisonnier, ainsi que de son extension naturelle, le magasin jaune. Se mettre en péril en accueillant Léa avait eu le même effet. Il avait besoin de risquer de tout perdre pour apprécier ce qu'il avait. Il avait surtout besoin de mettre sa vie en danger pour s'apprécier lui-même. Au fond, Gustave se méprisait. Il jugeait qu'il n'était qu'une pâle copie de son père. Il ne cessait de se comparer à lui. Valentine trouvait cela absurde. Qu'avait fait de si héroïque le père de Gustave à part mourir à la guerre comme tant d'autres ? Il n'avait pas eu le choix alors que Gustave l'avait eu, lui, et avait choisi le courage.

Ces derniers temps, il était devenu inquiétant. Animé par l'énergie du désespoir, il semblait prêt à sacrifier ce qu'il avait de plus précieux pour gagner une guerre par avance perdue. Son comportement désarçonnait Valentine. Elle connaissait bien les périodes de dépression pendant lesquelles il perdait le sommeil et l'appétit, s'enfermait dans le magasin jaune et perdait toute confiance en lui, mais leur succédaient depuis peu des phases d'énergie débordante et d'irritabilité extrême. Dans ces périodes-là, Gustave s'activait en tous sens, sans jamais s'arrêter.

Il parlait sans cesse, avec un débit impressionnant, argumentant sur tout et rien, et cherchant toujours à avoir raison. Alors que personne ne l'avait vu pendant une semaine, il faisait son apparition au Coup du rouquin, parlait fort et haut, ne laissant personne l'interrompre. À l'entendre, il était capable de tuer Hitler de ses propres mains et de gagner la guerre.

Lors d'une de ces phases paradoxales, Gustave raconta à qui voulait l'entendre la vente des figurines au rebut à l'Oberschütze Karl. Cet événement, insignifiant de prime abord, instilla dans son esprit en feu une idée dangereuse. Noël 1942 approchait et cette idée devint bientôt une obsession. Valentine s'y opposa de toutes ses forces. Il s'obstina, parlant de bravoure, de résistance. Valentine n'y voyait que de la stupidité et de l'arrogance. Surtout, elle avait peur. Bien sûr, elle avait eu peur aussi quand Gustave avait rejoint la résistance, mais elle s'était inclinée, car résister était une action noble. De même pendant tout le temps où Léa avait vécu au magasin jaune. Tout cela était dangereux, mais avait un sens, une justification. Il ne s'agissait pas de risquer sa vie par bravade. Le nouveau projet de Gustave, en revanche, était absurde et puéril. C'était un suicide déguisé.

Alors Valentine pleura, supplia, menaça. Elle lui rappela les trois corps allongés devant le Coup du rouquin, dont celui de son ami Socrate. Ces trois corps auraient pu être les leurs. Gustave avait la chance dont Socrate avait manqué. Et celui-ci avait vécu le pire de ce qu'un homme peut endurer.

Mais rien n'y fit. Gustave était trop têtu pour revenir en arrière. Il s'était déjà vanté, au Coup du rouquin, de l'action héroïque qu'il avait en tête. Valentine le maudit pour sa fierté mal placée. Elle maudit encore davantage ceux qui l'encourageaient dans sa folie. Et ils étaient nombreux, les beaux parleurs, les « va en guerre, je t'attends là », qui attisaient la témérité du marchand de jouets.

Depuis toujours, les décisions importantes pour l'avenir du quartier s'étaient prises au Coup du rouquin. La reprise du bistrot par Églantine n'avait rien changé à cette tradition, encore plus vivace en hiver. En fin de journée, tous les habitants de la rue Germain-Pilon ou presque s'y regroupaient, les enfants y compris. L'hiver cette année-là était très rigoureux, et le manque de bois et de charbon ne permettait pas de maintenir une chaleur suffisante à domicile. Pendant la journée, en semaine, les enfants bénéficiaient du poêle de la classe et n'avaient pas trop froid. Après l'école et le week-end, le Coup du rouquin prenait le relais avec son immense poêle. Chacun apportait un peu de bois et de charbon pour alimenter ce chauffage collectif. Ceux qui ne pouvaient amener du combustible solide offraient du combustible liquide, leurs tickets de rationnement en vin. Chacun y trouvait son compte. La solidarité jouait à plein.

Le Coup du rouquin était resté l'agora instituée par Socrate, où chacun pouvait s'exprimer. À l'époque où le philosophe-roi était encore derrière son comptoir, c'était toujours lui qui avait le dernier mot. Les paroles fusaient, les discussions s'envenimaient et, à la fin, c'était lui qui tranchait. Depuis sa disparition, ce n'était plus pareil. En théorie, le projet de Gustave ne concernait que lui et sa famille. Dans les faits, il pouvait avoir des conséquences collatérales sur tous les riverains et, de toute façon, tout ce qui concernait de près ou de loin le magasin jaune, fierté et réconfort du quartier, intéressait au premier chef la communauté. Le projet de Gustave fut donc débattu, mais il n'y avait plus Socrate pour faire entendre la voix de la raison. La nouvelle patronne, tout au contraire, mit de l'huile sur le feu. Elle considérait Gustave comme un illuminé et s'amusait beaucoup de la situation. Elle prit des accents socratiques pour l'occasion.

— Il faut que la flamme de la résistance brûle partout, surtout là où l'ennemi s'y attend le moins.

— C'est absurde, répondit Valentine. Ça n'a aucun sens de prendre des risques pour une gaminerie pareille.

— La résistance n'est pas un raisonnement : c'est un instinct.

Même si une majorité se dégagea au Coup du rouquin pour soutenir Gustave, la rue Germain-Pilon se divisa en clan des « pour » et clan des « contre ». Il y avait aussi les indécis, ceux qui pensaient que ce projet serait sans conséquences.

Gustave Pilon, de toute façon, n'écoutait plus que lui. Il se mit au travail avec acharnement et, dès le 10 décembre, la vitrine de Noël fut prête. Gustave avait créé une scène de la Première Guerre mondiale, un combat à mort dans les tranchées. Il avait utilisé du carton peint pour le décor et l'intégralité de son stock de soldats de 14-18. Il tenait là sa revanche et son défi. Dans la vitrine du magasin jaune, les soldats allemands avaient le dessous. Les soldats français, anglais et australiens défonçaient les lignes adverses, enjambaient les cadavres ennemis et contournaient les débris multiples, tandis que la plupart des soldats allemands prenaient la fuite. Ceux qui faisaient face étaient en mauvaise posture. Au centre de la scène, Gustave avait placé une figurine particulièrement réaliste : un officier allemand embroché comme un poulet par une baïonnette française. Juste derrière lui, un drapeau du Troisième Reich gisait dans la boue, piétiné par un Poilu. Gustave avait tenu à ajouter cette touche anachronique afin que le message soit parfaitement clair. Il l'était beaucoup trop aux yeux de Valentine.

En découvrant cette vitrine, ceux qui avaient pris le projet à la légère commencèrent à s'inquiéter. C'était une véritable provocation et il n'était pas certain que Gustave Pilon soit le seul à en payer les frais, car les Allemands adoraient les punitions collectives.

Pendant une semaine entière il ne se passa rien. Mais Karl mit en garde Manon :

256

— C'est *sehr* dangereux. Si un officier voit ça, il peut les faire pan pan.

— Pan pan ?

— Oui tu sais.

Karl mina un soldat mettant en joue.

— Ah, tu veux dire fusiller ! Tu plaisantes, on ne fusille pas les gens pour une devanture !

Karl vit que Manon prenait son avertissement à la légère. Il plissa les yeux et prit son air le plus sombre.

— Pas compris. Nous tuer pour moins que ça.

Son ton lugubre glaça Manon jusqu'au sang. Elle eut peur. Bien sûr que les Allemands pouvaient fusiller les Pilon ; ils pouvaient tout.

— Ah, ces Allemands ! Quelle idée d'être aussi susceptibles ! s'agaça-t-elle.

La susceptibilité du major Ludwig Koch était hélas au-dessus de la normale, et sa vue excellente. Si le trafic n'avait pas été bloqué dans la rue Germain-Pilon, ce jour-là, par une charrette dont une roue était sortie de son essieu, il ne serait pas descendu de son véhicule pour proférer quelques menaces à l'encontre du propriétaire de la charrette. Il n'aurait pas allumé de cigarette et ne se serait pas dirigé vers le magasin jaune. Il ne serait pas remonté dans sa voiture furieux.

Arrivé au siège de l'état-major parisien de la Wehrmacht, il n'avait pas décoléré. Tout au contraire, ce qu'il avait tout d'abord perçu comme une provocation de mauvais goût lui apparaissait à présent comme un acte de terrorisme. Et c'est ainsi qu'il le décrivit, avec un lyrisme wagnérien, à l'Oberstleutnant Otto Schnabel.

— *Mein Oberstleunant*, ne pensez-vous pas que cela relève de la Gestapo ?

— Ouh la la, du calme, du calme, répondit Otto Schnabel. Une vitrine de Noël, ce n'est pas un attentat.

— Mais je vous dis que notre drapeau est au sol, dans la boue, foulé aux pieds par un soldat français !

— N'en faites pas toute une histoire ! Allez, je suis certain que ce n'est pas de la vraie boue. Et ce n'est pas un vrai soldat non plus, d'ailleurs.

— Avec tout mon respect, *mein Oberstleutnant*, il y va de l'honneur du Troisième Reich.

— Bon, calmez-vous, major. On va résoudre ça.

— *Danke*, j'irai dès demain.

— Et je viendrai avec vous.

— Quoi ? mais ce n'est pas la place d'un Oberstleutnant. Ce n'est pas une affaire qui mérite que…

— Vous n'êtes pas très logique, major ! Vous en faites l'affaire du siècle, et après vous dites que ça ne nécessite pas ma venue. Je vous laisse organiser tout cela. Nous irons demain à 8 heures. Pas besoin d'arriver au petit matin pour ce genre de chose. De toute façon, votre magasin de jouets ne va pas disparaître.

L'Oberstleutnant n'avait aucune envie de perdre son temps pour une affaire pareille, mais le major était tellement remonté qu'il valait mieux ne pas lui laisser carte blanche. De son côté, le Ludwig Koch était vexé. Il avait parfaitement compris que son supérieur voulait être présent pour éviter un excès de rigueur contre ses amis français.

43

Sur la façade du magasin jaune, il y a eu un jeu de lumière. Quinze y a vu un intersigne : le jaune avait la coloration pâle que prend la peau à l'approche de la mort.

*

Quinze avait passé une mauvaise journée. Depuis le remplacement de M. Roland, tout allait de mal en pis. Le nouveau maître avait des relations et était parvenu à obtenir du lait et des biscuits vitaminés en quantité pour les élèves. Mais qu'il était barbant ! Pas moyen d'éviter le « Maréchal nous voilà » chaque matin. Pire, il leur avait fait écrire une lettre de Noël pour Pétain. Et puis surtout, il avait osé attribuer la place de Léa à un autre élève. Jusqu'alors, elle était restée vide dans l'espoir de son retour.

En rentrant, elle vit Manon devant le magasin jaune. Celle-ci avait l'air impatiente.

— Quinze, j'ai quelque chose de très important à te dire.

— Bonjour Manon, vous ne préférez pas le dire à mon père ? Il doit être dans la réserve. Je sais que ma mère rentrera tard. Elle essaye de trouver quelque chose de spécial pour le repas de Noël.

— Non, non, je ne veux pas entrer et surtout pas le déranger. En plus, si ta mère n'est pas là, ça pourrait faire jaser. Écoute-moi, j'ai peu de temps et c'est vraiment important. Tu connais Karl, le soldat allemand très gentil ?

— Oui, je vois bien.

— Eh bien, il m'a dit qu'il se préparait quelque chose pour demain. Rapport à votre vitrine. Il va y avoir une descente. Il faut que tu dises à ton père de tout enlever.

Manon avait préféré attendre le retour de Quinze parce que seule la jeune fille pouvait convaincre son père. Si Manon avait annoncé elle-même la descente prochaine de la Wehrmacht, Gustave aurait joué le fanfaron. Mais Quinze connaissait ses limites. Depuis une semaine, elle avait vu sa mère pleurer et supplier sans le moindre résultat. Non, il était bien trop têtu pour revenir en arrière. Le mieux était de se taire, et d'agir.

Valentine revint vers 20 heures. Elle était contente car elle était parvenue à trouver quatre œufs, de la farine de châtaigne et du vrai sucre. Elle pourrait faire un gâteau pour le réveillon. De plus, la pression avait un peu diminué. Après plusieurs jours sans la moindre alerte, elle commençait à penser que cette histoire de vitrine n'était peut-être pas aussi grave que cela.

La soirée fut détendue. Il n'y eut aucune dispute entre Valentine et Gustave, ce qui conforta Quinze dans sa résolution de ne rien dire.

44

Le major Ludwig Koch ne cessait d'étonner Otto Schnabel. Il ne lâchait jamais prise. Il était en permanence sur les nerfs, hargneux et colérique. Chez un homme normalement constitué, une nuit de sommeil faisait retomber la bile. Pas chez Ludwig Koch ! On le retrouvait tel qu'on l'avait laissé la veille au soir. La nuit ne lui portait jamais conseil. Il devait la passer à ruminer. Une belle journée s'annonçait pourtant, froide et sans nuage. Otto Schnabel avait décidé de régler ce problème de vitrine de façon civilisée. Il trouvait un peu excessif le déploiement de forces exigé par le major – un camion et une dizaine de soldats.

La traction-avant dans laquelle avaient pris place les deux officiers s'arrêta devant le magasin jaune. Des soldats sautèrent d'un camion débâché et se positionnèrent à différents endroits de la rue. Trois d'entre eux restèrent à proximité de leurs supérieurs. Gustave était dans la cour. Il s'apprêtait à retirer les panneaux de bois de la devanture.

La rue fut bouclée en cinq secondes. Les commerçants sortirent de leurs boutiques, les curieux de leurs immeubles, et les enfants, qui prenaient la route de l'école, se rapprochèrent du magasin jaune. Quinze et Valentine rejoignirent Gustave devant la boutique au moment même où Otto Schnabel s'adressait à lui :

— Bonjour, monsieur. Je suis l'Oberstleutnant Otto Schnabel. On m'a indiqué que le magasin jaune était très réputé pour sa vitrine de Noël. Alors naturellement, j'ai voulu jeter un œil – j'ai toujours eu un faible pour les jouets et la féerie des fêtes de fin d'année. Mais je vois que vous êtes blessé. Ah, blessé de guerre, c'est cela. Croyez bien que je suis désolé. C'est terrible, la guerre. Je suis certain que vous étiez un soldat courageux. Un peu inconscient peut-être ? Mais dites-moi, ce ne doit pas être facile, avec un seul bras, d'enlever ces lourds panneaux en bois de la vitrine et de les remettre chaque soir…

Otto Schnabel s'amusait beaucoup. Le marchand de jouets et sa femme faisaient des têtes de dix mètres de long. Ils n'étaient pas les seuls. Tous les habitants de la rue étaient dehors, avec des mines d'enterrement. Finalement, ça valait le déplacement. Le marchand de jouets méritait une bonne leçon, mais rien de plus, et Otto Schnabel était en train de la lui donner avec maestria. Que le major Ludwig Koch en prenne de la graine !

Tous les problèmes ne se résolvaient pas à coups de pistolet-mitrailleur.

— S'il vous plaît, laissez un de mes soldats vous aider. Je suis si impatient de découvrir cette merveille de vitrine. Et puis quelle bonne idée, le jaune, pour un magasin de jouets ! C'est joyeux. Est-ce vous qui avez eu l'idée, ou madame ?

Décidément, Otto Schnabel était très en forme. Le major Ludwig Koch dut admettre que l'Oberstleutnant avait l'art de se payer la tête des Français.

— Je n'ai pas besoin d'aide. Même avec un bras, j'y arrive très bien, répondit Gustave.

— Comme vous voudrez.

Si Otto Schnabel prenait un plaisir manifeste à taquiner Gustave, les soldats étaient de plus en plus nerveux. La cour était pleine à craquer. Pierre avait accouru parmi les tout premiers. Ludwig Koch se rendit compte de leur situation délicate. Dans la cour, devant le magasin jaune, ils étaient acculés, et il faudrait, en cas de problème, s'ouvrir un passage vers la rue. Il en fit la remarque à son supérieur qui ne lui prêta pas attention. Chacun retenait son souffle car Gustave, aidé par Valentine, retirait le dernier panneau de bois.

Il y eut un grand silence. Puis un immense éclat de rire, celui d'Otto Schnabel, suivi d'autres rires au fur et à mesure que les gens comprenaient ce qu'il y avait de si drôle.

Dans la vitrine du magasin jaune, une bataille de cow-boys et d'Indiens avait remplacé la guerre entre les Français et les Allemands.

— Au fait, major, parvint à dire l'Oberst-leutnant quand il reprit ses esprits, nous sommes les Indiens ou les cow-boys ?

Cette remarque fit repartir les rires de plus belle.

Mais ni le major ni Gustave ne riaient. Celui-ci se tourna vers sa fille :

— C'est toi qui as fait ça cette nuit ?

Quinze fit un signe affirmatif de la tête, puis elle regarda le major d'un air effronté. Toute la résistance de Paris dans un seul regard. Le major comprit qu'il devait son humiliation à cette gamine. Il s'approcha et la gifla. Les rires cessèrent. Pierre se précipita et assena au major un coup de poing appuyé. Le major tomba sur les fesses et dégaina aussitôt son pistolet Luger tandis que les trois soldats pointaient leur pistolet-mitrailleur en direction de la foule.

— *Nein*, cria Otto Schnabel à l'adresse du major. *Bist du verrückt ?*

Ludwig Koch abaissa son arme. Il avait le regard mauvais. Il se releva et s'approcha de son supérieur :

— Cet homme a frappé un officier allemand. Il doit être jugé pour cela !

Otto Schnabel observa Pierre. Il était si jeune. Et cette histoire était si stupide. Il aurait voulu dire à cet abruti de Ludwig Koch qu'il l'avait bien mérité, qu'il était indigne d'un officier allemand de frapper une gamine de douze ans, que ce garçon avait eu raison de le frapper à son tour, qu'il était sans doute son amoureux. Il aurait voulu lui dire à quel point il détestait cette guerre, le Führer, et plus encore les officiers incultes qui croyaient nécessaire de faire claquer leurs talons quand ils faisaient le salut nazi. Il aurait voulu lui dire toutes ces choses mais ne le pouvait pas. Le major avait raison. S'il n'ordonnait pas l'arrestation de Pierre, il serait convoqué à Berlin puis envoyé dans un cul-de-basse-fosse ou sur le front de l'Est. Frapper un officier allemand était un crime qui finissait devant un peloton d'exécution. Quel gâchis ! Otto Schnabel ne pouvait que donner l'ordre, mais cela revenait à condamner le jeune homme à une mort certaine. Dans cette cour, devant ce magasin de jouets, tout le monde le savait. Tout le monde savait que si Pierre était arrêté, on ne le reverrait jamais. Son nom finirait sur une affiche, comme celui de M. Roland.

L'Oberstleutnant s'adressa à ses soldats avec résignation :

— Arrêtez-le.

Deux soldats s'avancèrent en direction de Pierre. Au même instant, Gustave se jeta sur eux, tête en avant, comme un bélier. Ils tombèrent tous trois à terre.

— Cours, Pierrot, va-t'en ! hurla Gustave.

Pierre, après un bref moment d'hésitation, se mit à courir. La foule s'écarta comme la mer Rouge et se referma sur les soldats allemands. Pierre tourna à gauche dans la rue Germain-Pilon tandis que les autres soldats, alertés par les coups de feu, se ruaient vers la cour. Gustave se releva pour s'enfuir à son tour.

Une courte rafale éclata. Gustave s'effondra sur le dos, au pied du chêne. Au-dessus de lui, il vit la cabane jaune et sourit. Il redressa légèrement la tête pour regarder le magasin. La vitrine de Noël était très réussie cette année. Il revit Valentine dans le restaurant La Victoire, si belle, dans sa robe beige à tombé droit, ses jolis escarpins et ce châle de coton transparent sur les épaules qu'elle laissait glisser. Quinze était là aussi, avec sa mine sérieuse de petite fille, prête à éclater de rire. Léa se tenait derrière elle, sur un vélo rouge. Et Socrate, majestueux dans son uniforme trop court, regardait la forêt des Ardennes, aussi noire et fournie que ses sourcils. Puis il revit son père dans le hall des départs, qui lui souriait tendrement. Il y avait de la fierté dans son regard. Il revit enfin le canard jaune aux yeux verts tout ronds qui dérivait. Il aurait dû mieux fixer le piquet de bois. Maintenant, c'était trop tard.

45

Le grand Louis et Jacques firent la courte échelle à Quinze. La jeune fille se laissa glisser sur le tas de charbon en prenant garde de ne pas casser la bouteille dans sa besace. Pierre était assis sur la plus haute montagne de charbon.

— Reste où tu es, j'arrive, dit Pierre.

Il dévala la pente noire et mouvante puis gravit la colline où Quinze l'attendait. Il la serra dans ses bras et lui donna un baiser.

— Comment ça va, Pierrot ?

— Pas trop mal. Sauf que j'ai froid, malgré la grosse couverture que tu m'as amenée. Et j'en ai marre, ça fait dix jours. En plus, j'ai une faim de loup.

— Les garçons de la bande ont bien travaillé. Regarde.

Quinze s'assit et sortit de sa besace du jambon séché, des biscuits vitaminés et une bouteille de vin rouge.

— Je ne sais pas comment vous faites pour trouver des choses pareilles.

— À vrai dire, c'est surtout le grand Louis qui déniche tout ça.

— Au fait, où en est-il ?

— Il a pris contact avec la résistance et tu vas bientôt partir. T'es devenu un symbole. Tout le monde parle de ce que tu as fait.

— Et ton père alors ! Il m'a sauvé…

Dix jours, dix jours déjà que leur vie avait basculé. Dix jours que Gustave était mort et que l'enfance avait pris fin. Quinze avait du mal à trouver les mots pour parler de son père. C'était trop tôt. Quand elle essayait, sa voix se mettait à chevroter et des sanglots remontaient du fond de sa poitrine. Elle ne répondait rien à ceux qui accompagnaient leurs condoléances de phrases toutes faites : « Ton père est un héros, comme son père avant lui. » Que dire ? Qu'elle se moquait bien qu'il soit un héros et préférerait mille fois qu'il soit encore en vie ? Qu'elle voudrait redevenir la petite fille qui tentait de lui voler des baisers sur la bouche et qui tenait tout entière entre ses bras ?

— Il est mort et tu es vivant. Tu vas partir. Tu te rends compte ? Je suis si heureuse pour toi.

Pierre l'observa. Elle avait dit cela sur un ton si triste.

— Ben, t'as pas l'air si contente. Je ne peux tout de même pas rester toute la guerre dans ce hangar. En plus, c'est dangereux. Non seulement il faut que je me cache derrière un tas de charbon dès que j'entends les bougnats, mais je ne dois rien laisser traîner, la couverture, le sac, la nourriture, la bouteille...

Quinze n'osa pas le regarder dans les yeux.

— Je suis heureuse, c'est sûr, mais tu vas me manquer. Ici, je t'avais pour moi toute seule. Le grand Louis m'a dit qu'en théorie tu partirais pour Londres. D'ailleurs, il part avec toi. Mais moi, je vais rester ici, avec les Allemands, le rutabaga et ma mère qui n'arrive pas à pleurer tellement elle en veut à mon père. Elle est bizarre. Elle est en colère contre lui, mais d'un autre côté elle n'arrête pas de dire qu'elle ne pensait pas l'aimer autant.

— Quand les gens ne sont plus là, on se rend compte à quel point on les aimait. Bon, y a tout de même les autres de la bande !

— M. Roland est mort, Socrate est mort. Mon père est mort. Ils ont pris Léa. Et maintenant tu pars, le grand Louis aussi. La rue Germain-Pilon va être déserte et triste.

— Ça m'étonnerait, dit Pierre en souriant.

— Ah bon ? Que reste-t-il ?

— L'essentiel. Quinze et le magasin jaune.

Alors Quinze se blottit contre Pierre. Elle se fit petite, toute petite contre lui. Il l'enveloppa dans ses bras et la serra fort. Ils étaient assis l'un contre l'autre sur une montagne de charbon, dans un entrepôt sombre et immense. À cet instant précis, ils pensaient à la même chose. Et c'était une chose agréable, un rêve accessible. La guerre était finie. Les Allemands avaient perdu. Pierre revenait de

Londres et Quinze était assez grande pour qu'ils fassent l'amour. Puis ils se marieraient. Ils auraient des enfants qui baveraient d'envie devant la vitrine du magasin jaune. Peut-être même qu'ils y vivraient, ces petits veinards.

ÉPILOGUE

Une femme distinguée se tenait dans la cour, devant le magasin jaune. Le grand chêne avait disparu et la cabane aussi, mais le magasin de jouets était toujours là. La couleur de sa façade n'avait pas changé. Il existait donc des choses et des lieux immuables, alors que les hommes passaient. Dans la vitrine, un parking avec une rampe toboggan accueillait des Dinky Toys, tandis qu'une magnifique panoplie de Zorro surplombait des Lego et des Barbie. La femme, encore jeune mais plus tout à fait, se dit qu'en fermant les yeux elle pourrait revoir le monde d'avant. Elle pourrait revenir au temps de l'insouciance, quand la vie était un jouet entre ses mains. Elle ferma les yeux. Elle se souvint de visages, de scènes. Puis elle se sentit observée, rouvrit les yeux et se retourna. Une jeune fille qui ne devait pas avoir plus de douze ans la regardait avec curiosité. Elle rentrait de l'école, avec son cartable sur le dos.

— Bonjour madame, pourquoi n'entrez-vous pas ? Nous avons les plus beaux jouets de la terre !

— Ça, je n'en doute pas. Je suis certaine qu'ils sont aussi magnifiques que ceux que j'ai connus. Et donc tu habites là ?

— Oui, j'en ai de la chance.

— Moi, j'habitais plus haut dans la rue.

— Ah bon ? Et le magasin jaune existait déjà ?

— Oh oui ! Mais dis-moi, comment s'appellent tes parents ?

— Mon papa, c'est Pierre. Ma maman, c'est Germaine, mais tout le monde l'appelle Quinze. Et vous ?

La dame distinguée dévisagea l'enfant en souriant.

— Je m'appelle Léa.

La gamine fit un petit bond sur place.

— Léa, c'est top ! Moi aussi, je m'appelle Léa !

Une pensée traversa l'esprit de la jeune fille. Ses parents lui avaient un jour confié qu'elle s'appelait Léa en souvenir d'une amie d'enfance.

— Je parie que vous connaissez mes parents. Dites, vous ne voulez pas entrer ?

Léa hésita. Elle était très émue et, après toutes ces années, redoutait de franchir la porte du magasin jaune. Revoir Quinze ! Que lui dirait-elle ? Que toute sa famille était morte dans les camps, mais pas elle ? Qu'elle avait survécu, sans raison particulière ? Que pendant deux ans, elle s'était évadée chaque nuit en rêvant du magasin jaune ? Qu'à force de se réveiller dans l'immense dortoir de la mort, elle avait fini par croire que le magasin jaune n'avait jamais existé et elle non plus ? Qu'à la fin de la guerre, un oncle l'avait emmenée vers une terre promise devenue plus réelle que le magasin jaune ? Oui, peut-être pourrait-elle lui dire tout cela, lui dire qu'à force de vouloir oublier, elle y était parvenue, même si cela impliquait de ne plus revoir la lumière du magasin jaune se refléter dans les yeux de sa princesse. Et puis, elle lui expliquerait qu'un jour, sur une plage de la mer Rouge, le sable était devenu jaune de chaleur et l'envie de se souvenir était revenue. Alors elle s'était souvenue de tout. Elle était là.

Léa regarda la petite Léa. Elle ressemblait tellement à Quinze. Elle avait envie de la prendre dans ses bras, de la serrer très fort et de la couvrir de baisers. Elle n'en fit rien mais lui posa une dernière question, afin de s'assurer que le magasin jaune était parvenu à les protéger tous.

— Et tes grands-parents, comment vont-ils ?

— Tu les connais aussi ? s'exclama la jeune fille.

— Un peu.

— Eh bien, mon grand-père Mathieu est grognon parce que Giscard a battu Mitterrand. Ma grand-mère Valentine, c'est l'inverse. Elle est bien contente !

— Mathieu ? Je pensais qu'il s'appelait Gustave.

— Ah oui, Gustave c'est mon vrai grand-père. Moi je ne l'ai jamais connu. Ma grand-mère s'est remariée avec Mathieu. Gustave a été tué par les Allemands pendant l'Occupation. C'était un héros, un résistant. Maman et Valentine en parlent par-fois. Et même, un jour, on s'est servi d'un guéridon pour lui parler ! Toi aussi tu connais des gens qui sont morts pendant la guerre ?

— Quelques-uns. Écoute, pourras-tu dire à tes parents de ma part que…

— Non, répondit fermement la jeune fille, c'est à vous de leur dire !

La petite Léa prit la grande par la main. Celle-ci se laissa faire. Quand elle franchit la porte du magasin jaune, elle entendit la clochette et sentit l'odeur de la cire.

Dans le magasin jaune, les poupées ne vont pas en croire leurs yeux de verre.

REMERCIEMENTS

Je remercie du fond du cœur toute l'équipe des éditions JC Lattès et notamment, mais je vais en oublier, Jézabel Akriche, Eva Bredin-Wachter, Marie Buhler, Philippe Dorey et Théophile Bignon.

Merci, en particulier, à Charlotte von Essen pour ses conseils très judicieux et à Karina Hocine pour m'avoir poussé et encouragé à remettre cent fois mon *Magasin jaune* sur le métier.

Le Livre de Poche s'engage pour
l'environnement en réduisant
l'empreinte carbone de ses livres.
Celle de cet exemplaire est de :
250 g éq. CO₂
Rendez-vous sur
www.livredepoche-durable.fr

PAPIER À BASE DE
FIBRES CERTIFIÉES

Composition réalisée par PCA

Achevé d'imprimer en France par
CPI BRODARD & TAUPIN (72200 La Flèche)
en mars 2019
N° d'impression : 3032801
Dépôt légal 1ʳᵉ publication : avril 2019
LIBRAIRIE GÉNÉRALE FRANÇAISE
21, rue du Montparnasse – 75298 Paris Cedex 06